萬應的恩賜

小水熊庫瑪——著

※本故事純屬虛構，與實際團體、人物、事件無關。

目次

楔子

阿狗發著抖，明明時值盛暑的午夜，他卻渾身冷到上下顎的牙齒無法抑制地碰撞，發出喀啦喀啦的聲響。

他冷是因為寒氣，冰冷徹骨的陰邪寒氣在此時此刻無處不在，不只是瀰漫在空氣中，也隨著難以言喻的恐懼順著血液在他體內各處四竄。

而寒氣的來源是目前他所遭遇到的狀況，他這輩子從沒有遇過這麼邪門的事，而且又是在今天，七月半，這個一年當中陰氣最重的日子。

不斷默念著佛號的阿狗，手中緊握著妻子幫他從福天宮求來的護身符，祈求著能趕快抬起腳來逃離這裡。

而偏偏在這個當下，在這種明知自己撞了邪的情況下，他卻只能僵在原地不敢動彈，只因為大熊的那幾句話。

大熊總是這樣，就像長輩說的，一嘴掛雙舌，什麼屎尿都能講甲糊瘰瘰。

但大熊剛剛說的話也不是沒有道理，所以使得阿狗也不敢輕舉妄動。

他是真的很後悔，後悔著為什麼自己當初這麼經不起激，明知山有虎，明知今天鬼門開，卻還是要硬著頭皮陪大熊跑進這棟出了名的「不乾淨」、不知多少人跳樓的國宅來一探究竟。

阿狗看著背對著他的大熊，正獨自跪在那憑空出現的「東西」前，不斷搖晃著身體。

在一片黑暗之中，紅色燈籠發出的紅光，幽幽灑落在大熊的身上，讓大熊看起來像是身上沾滿了血。

就在這麼看著大熊的背影時，原本就無比不安的阿狗又倒吸了一口涼氣，雞母皮瞬間一波一波爬滿全身。

跪在地上的大熊身旁怎麼多了一個身影？跟那「東西」一樣，無聲無息地就這樣突然出現。多出來的是一個女人的身影，那女人以正面對著阿狗，低著頭，長髮遮住了臉，雙手抱胸。

阿狗眨了眨眼，希望自己只是幻覺眼花。

但那並不是幻覺，就在他眨眼的瞬間，女人的頭抬了起來，並且直直看著阿狗。

由於距離不遠，藉著紅光，阿狗清清楚楚地看到了那女人的臉，那張臉讓阿狗還來不及發出慘叫就先失了禁，而沒能喊出口的恐懼就這麼卡在喉頭，只發出了一聲打嗝般的「呃」。

恐懼讓雙腳抖到快癱軟的阿狗急忙閉上眼睛，並且開口以最大的音量喊著佛號，也將手中的護身符握得更緊。但他卻不知道，那條掛在他脖子上繫著護身符的紅線，在他與女人對上眼的剎那就斷掉了；摺成六邊形、放在印著燙金神明圖樣香火袋內的黃紙符令，也在紅線斷掉的同時瞬間發黑。

他也不知道，無論他佛號喊得多大聲，當他踏進這棟國宅時，就注定了再也走不出去。

第一章

熊寶與無極神尊之謎

熊寶八歲生日的這一天，他的阿公送了他一直想要的智慧型手機當作生日禮物。

那是最新一代的艾鳳XXR，此時離正式的產品發表會還有好幾個禮拜。阿公動用了些人脈，花了點錢，雖然過程有點崎嶇，且比想像中還要多了幾分難度，但為了金孫，這些過程都是不值得一提的小事。

熊寶的全名叫做熊天寶，這名字是阿公取的，寄託著「天才小寶貝」之意。熊寶則是其小名，他也的確是熊家的寶。

這天，一家人照慣例到了金悅飯店的博艾西餐廳幫熊寶慶生，他的阿公熊天岳特別吩咐餐廳經理訂製了冰淇淋蛋糕。既然是熊董的吩咐，甜點房理所當然使出全力，用了最高品質的原料搭配高級的水果；晴王葡萄跟淡雪草莓為內餡，再以大量食用金箔覆蓋整個蛋糕表面，並撒上巧克力碎，為這位小少爺的生辰打造了外型高調卻不失典雅、在燈光下金黃閃耀的八吋蛋糕。

熊寶吃完主餐A5和牛威靈頓牛排兒童餐後，侍者調暗了包廂燈光，餐廳經理與領班親自唱著生日快樂歌，端著插了八根蠟燭、金光閃閃的蛋糕走來，他們身後還跟著兩個拉著小提琴伴奏的樂手。

蛋糕上桌，領班幫熊寶戴上金色的紙皇冠，悠揚的弦樂配合歌聲，讚頌著壽星誕生到這世上。當熊寶吹熄蠟燭的瞬間，包廂的侍者們全騰出手大力拍著，並異口同聲對他說：「小少爺，生日快樂！」

而家人們也都微笑看著熊寶，說：「小寶貝，生日快樂。」

吹蠟燭前，熊寶依照慣例進行許願的步驟。

生日要許三個願望，前兩個願望得講出來，他的年紀小，又在優渥的環境下成長，對於「願望」的概念很是朦朧。根據經驗法則，他還是足以理解說出口的前兩個願望是要給大人聽的；如同那些過年該說的，連他自己都不解其義的吉祥話一樣。

雖然他還無法有條理地說出這概念的原理，但他卻已看透其中的運作，說穿了就是只要滿足大人的歡心，隨之而來的就會有好處到自己的手中，過年有紅包，生日有禮物，或是幫爸爸按摩的零用錢。

而最後一個放心裡的願望則是自身真正的想法，直到去年為止，他的第三個願望都跟第一個相同，但上了小學後，他的心態在同儕的影響下逐漸產生了變化。

熊寶雙手交握閉上眼睛，他長而濃密的睫毛微微顫抖，調暗燈光的包廂讓那稚嫩臉龐的質感，在搖晃的溫潤燭火下，如同文藝復興時期的畫作般細膩而脫俗。

熊寶開始以朗誦的方式說出生日願望：

「我的第一個願望是希望阿公長命百歲、身體健康，爸爸媽媽也是，全家人幸福快樂。」

說完後他偷偷睜開眼看向阿公，阿公的臉上掛著滿意而欣慰的笑容，並露出純白的假牙。

阿公的笑容讓熊寶感到一種任務完成的滿足，他閉上眼睛繼續說出第二個願望。

「我的第二個願望是努力讀書成為……成為……」

熊寶的小腦袋突然真空，忘記母親美玲幾小時前跳針般不斷重複要他複誦的生日願望，畢竟那是流於表面而且超出他理解範圍之言語，就如同家教教的那些唐詩宋詞，還有他怎麼背怎麼忘記的弟子規。

他自己也覺得奇怪，家裡那些有趣的微生物圖鑑跟繪本橋段，明明看一次就記了下來，而且還回味無窮，但這些無論怎麼反覆背誦到乏味煩躁的字詞，就是記不住。

而讓他忘記第二個願望詞稿的根本原因，其實是因為他內心不斷迴盪、那佔據心頭之第三個願望所帶來的干擾。那是他人生至今八年，第一次對於非一般生物基本生理需求的「渴望」產生了覺醒，絕對自由意志下形成的「心願」，進而使他首度體驗到了「匱乏」的感受。

「社會——」母親帶著不悅的提示氣音滑進熊寶的耳裡。

「社會上有用的人，繼承家業，幫助窮人，樂善好施。」

母親的提點讓熊寶終於想了起來，他立刻大聲朗誦出第二個生日願望。

說完後，他交握在胸前的雙手加大了幾分力道，緊接著默默許了第三個願望，發自靈魂深處，虔誠而用心，他真實的生日願望。

一口氣吹滅蠟燭後，阿公露出潔白牙齒微笑的殘影，還在熊寶眼底晃動。

就在侍者分切蛋糕時，父母拿出了他們各自準備的生日禮物給熊寶。

父親熊章建國送了限量版的合金機器人，母親熊美玲則是訂了一組搭配蔡司鏡片的高級電子顯微鏡。兩個都是熊寶一直想要的東西，尤其是顯微鏡，熊寶很喜歡觀察微生物，特別是水熊，那是他最喜歡的動物之一。只是他現在用的顯微鏡是才幾千塊的便宜貨，倍數實在差強人意。

看著父母送的禮物，熊寶雙眼發光，也不自覺發出興奮的叫聲。

就像是在等待對手亮牌般，他的阿公熊天岳等到女兒跟女婿都拿出其各自準備的生日禮物後，閃現一絲無人察覺的淺笑，並緩緩掏出他準備的禮物。

當阿公拿出那別著藍色緞帶的白色艾鳳XXR的盒子時，機器人跟顯微鏡頓時黯然失色，直接就從熊寶的視野中消失。

阿公伸出手將禮物遞給孫子，熊寶已不單單是雙眼發光了，他渴求地伸出小手接過禮物，那小手由於難以壓抑激動之情而顫抖，他也因為訝異願望竟然立刻實現而張著小嘴，還滴下了幾絲口水。

「爸！」

美玲看到父親送給熊寶的禮物時，嘴角抽動了一下，這是她情緒有巨大起伏時的生理特徵。她面帶著不同於內心想法的微笑，以刻意抑制的溫柔音調說：「熊寶才幾歲，用手機會不會太早。到時候手機成癮……」

不等美玲說完，熊天岳便朝其看了一眼，金邊眼鏡下佈滿皺紋的眼角依舊保持著笑意，但瞳孔中的慍色如同刀光。他最討厭不懂得看時機、看臉色，並且質疑他行為的發言，尤其是女人，就算是自己的女兒也一樣。

那一瞅便讓美玲反射性地閉上嘴。

侍者將分裝在骨瓷盤中切得方正的冰淇淋蛋糕，一一遞到熊家人面前。

美玲拿起銀製的甜點叉及小湯匙，開始吃起冰淇淋蛋糕，保持著節奏一口接著一口，利用一種較為不失態的失態，去隱藏真正的心態。她快速吃完眼前這一塊，便用手勢指示侍者再盛上一塊，過快食用冰品加劇了她的老毛病，那從小到大就時不時發作的偏頭痛，疼痛逐漸蔓延整個顱腔。她當然知道食用冰品會加劇偏頭痛，嚴重時甚至有種頭會因為顱內壓過高而爆炸的錯覺……但某些時候，美玲還是會自虐地特意吃冰。這病她看遍各大中西醫怎麼都好不了，隨著年歲增長還越演越烈，經過各種嘗試，她發現普拿疼對於症狀有著顯著的舒緩效果，是以美玲的一天從吞下三顆普拿疼開始，結束於一顆百憂解加上兩顆普拿疼，跟兩顆史汀諾司。

冰淇淋的濃郁奶香與層次翻湧中，美玲嘗到了莓果的酸味及晴王葡萄高密度的甜，然後巧克力極淡而溫順的苦味，適當平衡了整體的完成度。雖然品質跟味道就是金悅飯店的水準無可挑剔，可是冰品終究令她頭疼且牙齦發疼是事實，這蛋糕嘗起來跟這些同桌與她一起過日子的男人類似，思及至此，她的嘴角又開始不止地抽動著。

就在妻子與岳父這一來一回之間，建國如同往常默默不語，他外顯行為的自我閹割行之有年，跟妻子那種雖然壓抑內心、卻還是會無法控制地在細節洩漏想法的反應不同，他不會有那種不知到底是故意還是真的無法隱藏的馬腳。基於他被安排的角色跟位置，其對於分寸的拿捏精準度自我要求極高，內心真正的喜怒從不輕易流於形色。

建國拿起甜點叉切下一塊蛋糕，用湯匙按照喝湯禮儀那樣，由外向內舀起送入口中。在他的口中，這五千多元的冰淇淋蛋糕嘗起來實在是不知道價值在哪？要甜不夠甜，酸味太明顯，水果徒增口感跟味覺上的干擾，小美冰淇淋可能還比較好吃。比起浮誇繁雜的華麗事物，建國更喜好相對單純的東西。

他只嘗了一口，便將湯匙跟叉子整齊平放到瓷盤內，見狀，侍者立即將之收走。

「我希望能有一臺艾鳳，可以拿來玩TOCK DING。」

這就是熊寶在心中默默許下的第三個願望。

TOCK DING是目前全世界下載數跟使用者第一高的短影音APP，熊寶班上幾乎每個同學都有手機，大家都在玩TOCK DING，他卻只能跟在一旁聞香，班上許多同學也都會拍「短視頻」上傳，有些同學的短視頻真的很搞笑，還會炫耀得到多少愛心跟追蹤，像大頭就很愛提自己帳號有三百多粉。

熊寶也曾開口向媽媽說自己想要手機，換來的卻是一頓訓斥，他不懂為何媽媽認為玩手機會影響功課還會變笨？那些短視頻明明是那麼地好玩那麼地搞笑，笨蛋才做不出來。但媽媽一定不懂，就像阿公常說的，女人比較笨。而媽媽就是女人，因為比較笨所以一定不懂TOCK DING的好。

是以，被媽媽罵完後熊寶跟平常一樣去找阿公撒嬌，喊著好想要手機。

阿公什麼也沒說，只是笑笑摸摸他的頭，要他不用理會他媽。

當阿公拿出那個做為他生日禮物的手機時，熊寶瞬間明白了過生日真正的意義，這是他之前不曾有過的觀點。原來過生日就是只要在這個專屬自己的日子裡，誠心許下第三個願望，阿公就會讓其成真。

熊寶一邊粗魯地拆著藍色緞帶，一邊開始想著要好好思考明年生日的第三個願望了。

美玲看著拆禮物的熊寶又囉嗦了幾句，雖然聲音壓得很低，但還是傳到了熊寶的耳裡。

熊寶無法理解，母親到底為什麼對他的手機這麼多意見。因為媽媽比較笨，不懂手機的好。繼續這麼想的他完全無視母親。

就在手中的艾鳳包裝盒被打開的瞬間，熊寶覺得盒中之物發出了無比璀璨的光芒。

但拿出手機後，熊寶才發現自己根本不知道怎麼操作，甚至連開機都不會，此時父親建國已起身到他身邊，準備教他怎麼開機了。

「老公，等等記得研究一下怎麼用父母監控模式。」吃著不知第幾片蛋糕的美玲，抬起頭用手遮著嘴巴說。

「不用，這是我送給我孫子的生日禮物，他想怎麼玩就怎麼玩，妳不要這麼神經質好不好，女人真的是……孩子才幾歲，手機不就拿來玩玩遊戲拍照片而已，還能怎麼樣？阿國，直接搞個帳號幫他綁定，信用卡用同樣那一張。」

岳父的話還沒說完，建國就點了點頭。

「爸比，快一點，我想看ＴＤ的短視頻！」

「好好好，等爸比一下。」

聽著丈夫與兒子的對話，美玲繼續埋頭在冰淇淋蛋糕之中，任由頭痛麻痺思考。

就算熊天岳沒開口，建國也會無視妻子。

他們夫妻分房睡好幾年了，當初兩人是在沒有愛情的利益基礎下結合。建國從美玲國中時就在為熊天岳工作，婚前對於這位「大小姐」也有一定的相處經驗，那時覺得她除了漂亮，個性也好，雖然家裡是暴發戶，但教養還不錯，結了婚想必會是個好妻子。然而跟理想不同，總是這樣，理想和事實就如同油與水……婚後他們感情並沒有隨日子更迭而升溫，倒是厭惡與煩躁在瑣碎的日常中無聲無息地積累，他越來越看美玲不順眼，當初的溫柔乖巧更像是對外的包裝，遠看總是隔層紗，近看就實在俗不可耐。可偏偏這婚姻是他逆轉人生的重要關鍵之一，他只能忍，所以每次妻子被岳父教訓時他總是抱著看好戲的心態，看著妻子被教訓沒來由地有一種難以言喻的快感，那是種移情，畢竟再怎麼樣，他還是無法像想像中那樣，真的在妻子囉哩囉嗦時劈頭蓋臉痛罵她一頓或揍她個幾下。分寸跟人設還是得好好維持，最重要的是岳父的面子得罪不起，要打美玲也是得由岳父去動手，建國很清楚還輪不到自己。

而建國也認同岳父的想法，不過就是支手機，孩子才八歲，能怎麼樣？女人就是愛大驚小怪。

看著熊寶的笑容，熊天岳打從心底感到歡愉，這寶貝簡直跟志高小時候長得一模一樣，這是上天再次給予的機會，當初知道女兒懷的是男孩後，他便暗暗下定決心要好好寵愛這孩子，滿足這孩子的一切要求，所有最好的資源都投注於其身上，然後再親手調教成自己的接班人。這次一定不會、也不能再失敗了。長子志高已經不在，美玲又是女兒，生了個男孩子，可以功成身退了，當然如果可以多生幾個更好，但她年紀已經超過三十，肚皮看來是不爭氣了。

志高啊志高，就算是到了現在，一想到這曾經的長子，那些過往還是會刺痛天岳的心。雖然除了熊寶外，他從不曾明確地向任何人表現出他對志高的情感，但沒了這兒子造成的創傷之深，過了這麼多年始終沒有真正痊癒……畢竟他曾經將一切的期望都投注在志高的身上。

不過，還好，家裡現在有了熊寶，他一手創立的黑熊食品終於還是後繼有人了。

至於招贅來的女婿，熊寶的父親……能當上公司的總經理，不光是靠身為董事長的岳父提拔，也確實有點手腕跟能力，且懂得看天岳的臉色又聽話，而談生意時的狠勁跟計較可不輸當年的天岳。不過終歸是沒有血緣的外人，那樣的家世背景能當上黑熊食品的總經理兼駙馬，已經是其人生高峰了。雖然建國在自己面前總是勤勤懇懇畢恭畢敬的樣子，可是熊天岳很瞭解出身平凡的男人，嘗過了絕對的權力後野心會如何地膨脹，蛇吞象啊。

天岳在熊寶出生後，對建國各方面不著痕跡的防範與職權限縮，可說是更加不遺餘力。

根正苗紅的熊寶是天岳唯一的寄託。

此刻，手機的光正映在熊寶的臉上，大而透徹的眼睛就像是藏了個宇宙，白裡透紅的肌膚散發濛濛的光暈，混血兒般的端正臉龐與帶著一抹紅的捲髮，的確是傳承了熊家祖先古老的荷蘭血統。還好外表沒遺傳到他爸爸，天岳看了眼女婿想著，在天岳心中，深色的肌膚是次等人的特徵之一。

頭痛到達極限的美玲抬起頭，正好看見父親望著孫子眼中如水般的溫情目光，這輩子從沒展現在她身上過。那種目光曾經只屬於她的弟弟志高，而如今則在她兒子身上流淌。

她察覺自己居然又對兒子產生了畸形的嫉妒，自我厭惡也隨之襲來，但很快地她也習慣性再度重新調整了心緒。熊寶是獨生子，沒有意外也將是唯一的金孫，父親年紀大了，志高也早就……她按照以往那樣告訴自己：要有耐心，早晚有一天總是可以媳婦熬成婆。當初確定第一胎是男生後，她便決心將資源集中以防夜長夢多，由於父親的威逼利誘，丈夫在孩子周歲後有陣子依然很勤奮，買了一堆藍色小藥丸，跟隻哈巴狗一樣幹她來討好她爸，結果害得她私自去墮胎兩次，這才學乖開始吃避孕藥，最後丈夫提議分房睡時，她可真是鬆了口氣。

跟建國行房可以說是味如嚼蠟，只覺得有根東西在下面頂啊頂，丈夫的技巧有夠差，還沒有前戲，這種事也不可能要女方主動引導吧？行房不會不舒服但也沒有愉悅，剛新婚時她還會演一下，但到後面幾乎就是看著天花板發呆，只有在丈夫發出高潮的嘶吼時她會敷衍地應合應合。

要說性高潮，她這輩子其實只體驗過一次，雖然就那麼一次，但過了這麼久還是令她回味無窮。她時不時依然會懷念那本藏在床底的雜誌，以及雜誌封面上肌肉張揚的男體……藉由那本雜誌帶給她的高潮實在是妙不可言，可惜那本雜誌後來被她爸燒了，沒能留下來做為紀念，實在是太遺憾了。

含著逐漸融化的冰淇淋，美玲又開始陷入了那些對於未來的恍惚幻想中。

究竟要等到什麼時候，跟最後該如何處理丈夫……這問題急不得啊。美玲在心中叮囑著自己，這已經不知道是第幾次了。

而為了預防熊寶有什麼萬一，她也早就做了凍卵。

但根正苗紅的熊寶依舊是目前美玲唯一的寄託。

「喜歡嗎？」坐在椅子上的天岳對著熊寶說。

「超喜歡！」

抓著手機的熊寶大喊，一頭栽進阿公的懷抱。

「我最愛阿公了！」

天岳感受著孫子的歡愉與溫度，多巴胺大爆炸的同時他卻感受到左手一陣麻痺，接著頭一暈天旋地轉差點失去平衡，他立刻穩住保持笑容，卻暗叫一聲老了身體果然不中用。

「阿公，我想回家，我要研究手機。」

「好。」天岳說。這麼小就有研究精神，真是個好孩子。

「陳領班──」他話音未落，陳領班立刻遞上帳單跟筆，天岳接過看都不看便龍飛鳳舞簽了名，建國也隨即聯絡好在停車場待命的司機到大門接他們。

天岳站了起來，身邊的熊寶依舊緊盯著手機螢幕。

他以居高臨下的視點看著嬌小的孫子，事業有成後，天岳總是保持這樣的高度去看身邊的人事物。一想到孫子早晚有一天也將繼承這樣的高度，去審視熊家擁有的一切，去取捨去決定主次去談判進退，感到欣慰的同時，他也不由得感嘆著恍若隔世的征戰歲月，雖然自身的努力是不可否定的……但，畢竟帶給了他創業的基金、讓他有賭一把的自信的，還是多虧了二十八年前的那個夜晚，好友阿狗在他面前墜樓的那一夜……

經過那一夜他彷彿任督二脈被打通，開始無往不利，賭什麼就贏什麼，錢滾錢如雪球越來越大，縱使付出的代價也不小，但回頭望去（他很少這麼做，他總強迫目光往前看），他都會告訴自己，那被犧牲的一切的確值得。他創立了黑熊食品，投資的眼光及判斷精準無比，手段也快狠準，公司的版圖短短幾年就以怪物量級迅速成長，年營收輕鬆破十億，隨著進軍海外市場後營收更達數百億。縱然如此，為了確保公司所有權跟繼承人的選擇權都掌握在自己手裡，即使公司已經到了這個量級，各方人馬公司高層一個個說破了嘴，對於上市上櫃天岳就是堅持不鬆口。行事低調幾乎不接受採訪的神祕感，讓熊天岳有著許多傳說，黑熊食品到底如何異軍突起的真相始終無人知曉。

熊天岳從不談及創業的奇異點，是因為他的內心這麼多年來，始終不斷地試圖將那晚的記憶封印掩埋的後遺症。表層意識也的確近乎成功了，除了在某些特定的日子外，他在清醒時幾乎無法、甚至心因性失憶地不會想起那夜，在那個國宅天臺的所見所聞……但這些年來，他又不斷暗地調查著關於「**祂**」的來龍去脈，卻幾乎毫無所獲，到手的都是些沒有價值的零碎鄉野奇談，甚至是冷門的都市傳說。

就像是人格分裂，他亟欲忘卻那夜的種種，又想知道那覆蓋在夜色之後的是什麼。

但最終，那一晚幽暗的夜色，及那如同發著紅光雙眼的……依舊穿越了時間及空間爬過夢境的皺褶，在他每日的睡眠中徘徊糾纏，一點一滴地啃食著他的心智與靈魂。他毫無察覺，他記不住夜裡夢到了什麼，而夢中的事物也很小心，每一晚都只是飽含耐心與歡愉輕啄那麼幾下。越是花時間慢慢來，在最後落下時的重量就越為沉重而踏實，在加速度下的終點碰撞的聲音，也將更加響亮悅耳。

此時，黑暗中並列的兩點紅光，在天岳的腦海中一閃而過，還有阿狗那張在記憶中逐漸褪色的驚愕表情也撲面而來。

在這歡愉的時刻，寶貝孫子的生辰大日，天岳疑惑著怎麼突然無法克制地想起那些不愉快的事，原本只該遺落於夢中的詭譎夜色，在他還來不及警覺時已然偷偷滲透到了現實。

天岳搖了搖頭，欲將腦中妄念甩開重新掌控思緒，並伸出手想摸摸孫子的頭換取安全感。

也是為人父過來人的天岳心裡明白，時間的流速快慢跟年歲增長是成正比的，孫子那些蠶絲般柔順的髮，將在轉眼間變得堅毅如鋼絲，就像小說翻了頁可能十多年就過去，在他來不及察覺的瞬間，孫子就會跟他平視，甚至是俯視他了。

「為了熊寶及熊家的未來，該怎麼處理跟**祂**的因緣……」天岳毫無所覺他正將心裡想的事訴諸言語，雖然只是低喃，但已然為某種偽裝帶來了裂痕。

驀地，天岳伸出一半的手停在半空，就離熊寶的頭頂那麼十幾公分，接著定格了一秒，那隻手便劇烈地抖動起來，一陣強烈麻痺感從指尖如蛇般順著手臂竄了上來，空無一物的手掌感受到了礦物的冰冷與重量，腦殼內傳來了吵雜的聲音，他頓時感到眩暈猶如天地錯位。那些噪音讓他覺得像是置身在繁忙的馬路一樣，各種聲音紛沓而至，從腦袋深處向外延伸再回傳入耳中，有汽車的聲音轟隆轟隆、巨大的喇叭聲伴隨著煞車的尖銳音頻、陌生小孩以扁平的嗓音喊著：「GO GO GO！」等等。

那些虛幻的雜音混著劇痛鑽入天靈蓋，讓天岳幾乎要暈倒，熊章建國敏銳察覺到岳父的異狀，但他不動聲色。

……熊先生……因為肇事者已經……關於強制險的部分是兩百萬……請節哀……

腦中的雜音裡面，還混入了二十八年前那個忘記姓什麼的保險專員所說的話語。

兩百萬，跑完所有法律流程，醫藥費跟辦喪事，零零總總的花費加加減滅，到手的的確一分不差，就如他所求，正好兩百萬！

突然，阿狗睜大雙眼的染血臉龐，幻象倒帶般從黑暗中上升，再度出現在天岳面前。

紛亂混沌錯雜的思緒跟回憶，猛地直接收束成一個點，化成一根無形的針刺穿天岳的後腦，恐懼的他急忙閉上眼睛。

「熊先生，您還好嗎？」

「爸，怎麼了？」

「董事長……」

「阿公？」

眾人也開始發現天岳的不對勁，紛紛開口。

自尊讓天岳下意識想舉起另一隻手表示自己沒事，但他這才發覺無法控制自己的雙手，就跟那晚一樣，他的另一隻手也開始抖動起來。雖然心裡感到慌張，但天岳還是打算開口說自己沒事，他的自尊是僅有的支撐，結果他驚詫發現自己連聲音也發不出來，霎時視線也變得模糊狹窄，他的左上眼皮開始以不正常的速度高速跳著，黑暗中，紅色的雙眼在視線角落忽隱忽現。

已經許久沒有感受過的戰慄與恐懼，電流般順著每一條神經，竄遍天岳的全身。

天岳就這樣半舉著一隻手開始在原地痙攣，起乩般整個人抖了起來。

由於熊天岳平時給人那股不容質疑的氣場與態度，跟現在他的樣態差距甚大，在場的人都集體因為這超現實且略為扭曲的景象，陷入空白的茫然，一個個的判斷力都失了準，呆在原地不知所措。

全身發抖、臉色發青的熊天岳眼前一黑，便整個人往餐桌的方向跌去，同時重重撞到了桌緣倒在地上。也因為這麼一撞，熊寶那塊一口都沒吃、半融化的冰淇淋蛋糕就這麼啪噠砸在他頭上。

倒在地板，頭上頂著半融化冰淇淋蛋糕的熊天岳，他的金邊眼鏡在倒地的同時順勢飛了出去，銳利的眼色已渙散茫然，就這麼翻著白眼一臉猙獰在地上抽搐著。

沒有人知道，此時他的神智早被潛伏在夢境皺褶的事物，拖入了海馬迴的漩渦之中。

啪啪啪啪，天岳抽動的腳尖踢著桌腳，發出了如離水之魚的拍打聲。

當下一連串的事件使得熊寶無所適從。

但倒在地上的阿公看起來實在是太滑稽。

「啊，阿公在跟我玩啦，哈哈，好好笑。」他心想。

認為阿公在跟他玩的熊寶，決定用新手機拍下他掌鏡的第一張阿公的照片，好好紀念這一刻。

熊寶按下螢幕上拍照的白圈圈，鏡頭以毫秒為單位自動對焦，並且偵測到光源不足，於是開啟了閃光燈。

啪嚓一聲的同時白光閃爍，照亮在場每一個人的臉。

僵在原地反應不過來的眾人，隨著熊寶那啪嚓聲及亮眼的白光，停滯的神識終於晃蕩了起來，一切鬆散的分子鍊立刻再度繃緊，所有該有的狀態終於開始作用。

美玲猛然站起身，她的椅子順勢往後倒，但椅子撞地的聲響立刻被她高昂的尖叫聲蓋過。

「啊……爸，爸，爸……」美玲帶著哭腔呼喊著，她繼續尖叫，因為她好怕自己笑出來。

妻子尖銳的聲音讓建國感到一陣複雜的厭惡，他走到岳父的身旁蹲了下來，見頭上頂了坨冰不斷抽搐的岳父，他也不知該怎麼處理。他甚至有點想笑，不是有點，是非常，他也耗費了極大的意志力，用力到額頭都冒了冷汗，才壓抑住那股想要發噱的欲望，沒讓其餘人察覺。收識凝神冷靜下來後看著岳父的他，心底第一個想法是電視上常看過的橋段：往癲癇發作的人嘴裡塞湯匙的情節，思及至此，他已經開始抬起頭找湯匙了。

倒是手上還拿著簽單的陳領班反應得快，他吩咐一個下屬立即叫救護車，並叫另一個用對講機請飯店休閒部有執照的救生員過來，同時還輕聲對建國說：「總經理，最好先不要動熊董比較好。」

十分鐘後救護車抵達，熊天岳在孫子八歲生日這一天中風了，半身癱瘓並且失語。他的雄心壯志及那些早已構思許久精心算計的佈局，還有強盛堅毅快狠準的利齒，也因此被封印在無法控制的肉體中崩塌、碎裂，他這也才察覺他自作聰明對亡者神靈設下的那兩道封印，可能根本沒有效用，邪惡總是無孔不入，「萬邪不出」不過是自我安慰。在他的肉體再度受到另一次摧殘前，其意識就被困在那夜夜盤據於他腦殼中蠕動著，有著亡妻與阿狗的黑色夢境裡周而復始。

．．．．．

阿公在我生日那天生病了，過了兩天我才想起來我還沒吃到蛋糕。

今年的蛋糕跟去年一樣亮晶晶，看起來像一大塊石頭，其實我很不喜歡，我想吃的是短視頻裡面看到的那種，但阿公好像很喜歡那種金色的蛋糕，還一直跟我說是為了我訂做的。

不知道明年能不能吃到短視頻裡的那種蛋糕？

媽咪說阿公是中風，我上網查了什麼是中風，但是看不太懂，好像就是一種病，不過，臉真的會跟網路上的照片一樣變得歪歪的，阿公的臉就變成那樣，有點可怕。

阿公在醫院住了好久，身上插滿了管子，好多好多的人來看他，連舅舅都來了，舅舅就站在阿公的床邊都不說話。

生病後的阿公不只是臉，整個人也跟以前完全不一樣，他不能走路，只能坐在輪椅上，手一直抖，流著口水發出奇怪的聲音。

他好像忘記怎麼說話，我跟他說話，他只會咿咿咿啊啊這樣叫，也不再對我笑，每天都皺著眉頭，感覺一直在生氣，也不知道是為了什麼生氣？

為什麼阿公會變成這樣？

我不喜歡這樣的阿公，我想要阿公趕快好起來，變回原來那個我要什麼都說好，會帶我出去散步逛街，會買玩具或糖果給我吃的阿公。

阿公還會聽我說我想的故事，我喜歡畫畫，我畫了一個角色叫做庫瑪，是一隻黃色有著藍色斑點的小水熊。在我的故事裡，庫瑪跟他的朋友們小花枝、海馬妹，還有守護靈魔法師水母雙胞胎，在海底世界展開冒險，要對付章魚大魔王。阿公也會陪我編故事，還把他愛吃的福州丸加到故事裡，好好笑。

但現在這個阿公卻只會發出咿咿啊啊的聲音，還亂尿尿跟大便，像小孩一樣包著尿布。

到底為什麼會這樣？

阿公出院時，家裡來了一個叫阿尼的新女傭，是外國人，媽咪說她不是女傭是外勞，要負責照顧阿公。阿尼常常講電話或視訊，媽媽就會罵她說她很吵，但阿尼還是常常講電話，只是都變得很小聲。

阿尼好像有很多朋友，很多人跟她講電話。講講電話媽咪妳不用罵她吧，我對媽咪說。

土話吵死了，外勞真的都很吵，又沒禮貌，害我一直頭痛，媽咪扶著額頭這麼說。

但我覺得阿尼很有禮貌又溫柔，雖然她說土話我聽不懂，但她還是會說國語，而且她也很愛刷TOCK DING！

她說她有一個女兒，她曾給我看她女兒的照片，黑黑的，跟阿尼長得很像，她說她女兒叫阿比，要用英文拼，她一邊寫一邊念給我聽：

Abby，阿比。

阿尼說阿比現在住在天糖。

我不太知道天糖是哪裡，可能是阿尼她國家的家吧。

雖然阿尼常視訊，不知道為什麼她都不跟阿比視訊？

假日時阿尼推阿公去公園散步，我也會一起去，也會幫忙推阿公，推輪椅看起來很簡單，其實有點難，而且阿公好重，好幾次我差點把阿公翻倒，哈哈哈。還好阿尼都在旁邊看，阿公才沒有跌倒，後來我也推得越來越好。

公園裡有很多跟阿尼一樣說土話的外勞，為什麼外勞都是女生，不知道有沒有男生的外勞？她們每個都會推著一個阿公或阿嬤，都是老老皺皺小小的，有一些還插著奇怪管子。

這麼多老人看起來有點可怕，我以後也會變那個樣子嗎？

外勞會圍成一圈聊天，她們的圈圈內就是老人圈圈，老人的圈圈都沒有人聊天，還是他們都不會說話了？跟阿公一樣？中風了還是人變老就不會說話？還會變成跟小孩子一樣要包尿布，變老好可憐。

老人的圈圈讓我想起之前下完雨後，家裡庭院的草地都會長出圍成一圈的白色小香菇，我把那些香菇摘給媽咪看，她說野外的香菇都有毒，不能亂碰，叫我趕快丟掉，然後把我拉到浴室洗手，她真的很愛洗手。

我問媽咪阿公什麼時候會好，我說我不喜歡現在的阿公，我要以前的阿公。我想要阿公再站起來，不會說話也沒關係，只要陪我散步，買東西給我，聽我說小水熊的故事就好。

媽咪沒回答我的問題，她說我們只能多拜拜求神明保佑。

要拜拜啊⋯⋯

我不太喜歡去三樓的神明廳，因為那裡總是暗暗的，明明有裝日光燈，可是日光燈亮了也沒有用，可能是因為沒有窗戶吧。

而且還特別冷，就是感覺很奇怪。

阿公生病前好像也不喜歡神明廳，我沒有看過他去三樓拜拜。

但是媽咪很喜歡拜拜，我也會陪媽咪一起。

神桌上兩邊的紅色燈泡也有點可怕，媽咪說那是公媽燈，公媽燈反而特別亮，整個神明廳都紅紅的。我問媽咪可不可以不要放公媽燈，她又生氣，說我對神明沒禮貌。

媽咪真的好愛生氣。

我還是比較喜歡爸比，爸比最愛我幫他按摩，按摩的時候他都會把我的衣服跟他的衣服脫光光，有時候還會拍視頻，按摩完爸比還會給我零用錢。

「這是我們的祕密喔，不能告訴別人。」爸比說。

神明廳的牆上掛著阿嬤的遺照，因為神明桌上的公媽燈，讓她的眼睛看起來都紅紅的，我一直覺得照片裡阿嬤的眼珠會跟著我移動。

我沒看過真的阿嬤，媽咪只說阿嬤在她小時候出了車禍，走了。

不知道阿嬤是走去哪？

雖然我不太喜歡神明廳，但為了阿公能趕快好，現在每天上學前我都會去神明廳拜拜，幫阿公拜託神明保佑。偶爾晚餐後，媽咪在神明廳轉著那一大串念珠念經時，我也會陪她在旁邊玩手機或拍媽咪念經的樣子。只是，每次在神明廳拍照手機都會故障，拍出來的照片或視頻不是有奇怪的影子就是黑屏。

念完經媽咪會擲筊，但每次都是笑筊，然後她就會嘆氣。

不知道媽咪問了神明什麼問題？

是不是問阿公什麼時候會好？

神明笑了應該就是快好了吧？

家裡拜的神明，跟我在電視上或視頻裡看過的神明都不一樣，整個是像發霉的綠色，就是一塊有點像人的形狀的石頭。

「無極神尊，請保佑我們熊家全家平安，萬事順利，神明保佑，阿彌陀佛。」拜拜完媽咪說一定要這樣說。

無極神尊，請保佑我們熊家全家平安，萬事順利，神明保佑，阿彌陀佛。請您保佑阿公趕快好起來。

我每天早上輸入門鎖密碼、打開門進入神明廳拜拜時，也學著媽咪這樣求無極神尊。

阿公送我的新手機讓同學們都嚇一跳，他們都很羨慕我，一直問我怎麼能那麼快拿到最新的機型，我說是阿公送我的。

大家都說好厲害，雖然我很喜歡被稱讚，但一想到阿公中風了，心裡還是會有點難過。

大頭看到我的新手機眼睛張得好大，嘻嘻，他應該沒有想到我會比他快拿到最新一代。大頭是我的朋友，可是他有時候太臭屁看了很不爽，他很愛說他的TOCK DING有三百粉絲，是個咖。

其實我也有上傳了三條短視頻到我的TOCK DING帳號上，但都只是套濾鏡的自拍配音樂，然後都沒人看，我只有五個追蹤，其中有一個還是阿尼。

第六節下課時，大頭一邊玩著我的手機一邊問我的阿公怎麼樣了，我跟他說阿公中風了，不能走路也不能說話只能坐輪椅。

「不會走路只能坐輪椅啊……醫生有說什麼時候會好嗎？」

「不知道……」

「是喔。」

他拍了拍我的肩膀安慰我，然後突然打開了我的TOCK DING，我來不及阻止。我有跟他說我想開始經營TOCK DING，但跟大頭比還是差太多，所以都沒告訴他我的帳號，我也沒追蹤他，但有時還是會偷看他上傳的視頻，真的有很多愛心，還有人留言。

「你幹什麼，不要看！」我伸手想搶回手機。

大頭閃很快，跑到壁報前開始看我的短視頻。

我想搶回手機，但他又比我高。他一邊看，一邊推開我，然後開始笑我。

「這是在拍什麼啦？」

「這個音樂進太慢了啦！」

「靠，還有五個追蹤，不錯喔。」

我好不容易搶回手機，覺得臉上很燙，很丟臉，我想打他，但我知道我打不過他。

大頭雙手叉腰笑著看我。

居然還敢笑？傻逼！

「要不要跟我合作拍一支短視頻？」

蛤？

「跟我合作我還可以幫你引流喔。」

「引流？」

「對啊，跟我合拍，變成視頻共同創作者，這樣我的粉絲也會去你那邊按愛心，還可能追蹤你，一鍵三連，只要漲粉，曝光度就會增加，就會有更多用戶看到你喔。」

大頭的話讓我變得沒有那麼生氣，他說的話還滿吸引人的，感覺他真的懂很多。

「所以是我跟你一起拍視頻，你可以讓我粉絲變多？」

我是知道很多大V也會一起拍視頻。

「我不敢保證會變多，但我可以叫粉絲幫你按愛心。」

大頭的話讓我很心動。

「粉絲的累積要靠時間，也要靠好創作，還要隨時注意在辦什麼大挑戰，拍什麼會有流量最重要。你不要看我這樣，我也是花了很久才有三百粉的，我都有在研究，TOCK DINGER沒那麼簡單可以當，我目標三年級要破百萬追蹤。」

「我們要拍什麼？」我直接不理大頭的臭屁話。

大頭對我露出一個賊噁心的笑。

「我今天早上刷到一條內地的視頻，滿好玩的，剛好要拍這個題材只有你有資源跟素材，我刷了一下，目前臺灣還沒人拍過，搶第一很重要，重要的是還可以治好你阿公。」

大頭一臉驕傲地說。

聽到可以治好阿公我是不相信，因為醫生都沒辦法治好，只是拍一條視頻就可以好怎麼可能，不可能。阿公說過我是聰明的孩子，跟其他小朋友不一樣，我自己也知道，看大頭拍的視頻就知道他只是個跟風屁孩……不可能！

不過反正阿公也不會好，重點還是要拍什麼，我真的很想要變成TOCK DINGER，我可以從大頭那邊先偷學，看他都拍什麼，我一定可以拍得比他好，可能還能更早比他破百萬。

「是什麼樣的視頻？」我問了大頭。

就在這時上課鈴聲響了起來，凱文老師立刻走進來，他一定跟之前一樣站在門後面偷等，等到鈴一響他就立馬走進教室，真是個怪咖。

這節是英文課，也是我最討厭的課。

我也很討厭國語課，我不懂為什麼要學繁體字，用簡體不是比較方便嗎？短視頻都是用簡體，我也比較會看簡體，問了老師，就說了什麼父母白養之類的，也沒說到底為什麼我們不跟中國一樣用簡體。

繁體字筆劃超多超麻煩寫得手超痠，簡體字那麼好，希望以後大家都能用簡體字。

上課了，快點坐好。凱文老師一邊拍手一邊說。

「等等我加你ＴＤ再傳給你看，babybear3939，對吧？」

大頭說完就跑回座位。

英文課很無聊，都是家教教過的內容。

我在課本上畫圈圈的時候抽屜的手機震動了一下，我偷偷拿出來看，我的ＴＤ追蹤人數多了一個，是大頭，他轉發了一條視頻，有三萬觀看跟五百多分享。我確定關靜音後點開視頻，沒想到一條短短的視頻我就反覆刷了十幾次，太讚了！ＹＹＤＳ！

原來大頭說的是真的。醫生都用錯方式了。

這樣治療才對啊。大人果然都很死腦筋。

一下課，我立刻抓著大頭走出教室到一樓花圃，急著想跟他講拍視頻的事，我們討論了很多，很快就訂好拍這個視頻的整個計畫，明天又是禮拜六，剛剛好可以拍。我跟大頭約好時間地點，真的好期待，可以拍視頻還可以治療阿公，令人……迫……及……迫及不待？

第二天，散步的時間差不多快要到了，我叫阿尼不要太早走要等我，然後就先去神明廳拜拜。

輸入密碼推開神明廳的門後，我先把日光燈全部打開，今天神明廳感覺比平常暗，但桌上的紅燈卻更亮，整間都是紅的。我低著頭，很怕看到阿嬤的遺照，踮起腳從桌上的罐子拿出三支香，點香時我發現香爐裡還有兩支燒完的香，媽咪每天拜拜完都會整理香爐，不知道怎麼留下這兩支。我舉起香，在心裡拜託無極神尊保佑今天一切順利，更重要的是阿公可以好，我雖然不知道中風這種病是什麼感覺，但最近我睡覺時也遇到過好幾次身體不能動，也叫不出聲的狀況。而且還一直做奇怪夢，夢到一個沒有左手的小女生哭喔哭，說要找爸爸，誰知道她爸是誰啦。

身體不能動真的很不舒服，所以我想阿公一定很痛苦，我希望阿公不要再痛苦了。

對，我希望阿公不要再痛苦了！

我把三支香插進兩根燒完的香旁邊。

喀啦——

咦……怎麼神像好像動了一下，我看向無極神尊，祂好像真的輕輕在動，我又看向公媽燈，是地震嗎？

好像不是，公媽燈沒有動。

我繼續看向無極神尊，然後……

那是什麼？

有東西在閃！

神尊的頭上有一個光芒在閃，明明是一個小小的光點，卻像彩虹一樣，有好多種顏色射了出來，好漂亮的光。我爬上鋪著紅布的神明桌，靠近無極神尊想看清楚是什麼在發光。

那是一根小小的、像是水晶的透明的角，好奇怪……神尊之前是有長角的嗎？

我想不起來。

我靠近那支角，透明的角裡面有小小的東西在動，太小了看不清楚是什麼，光芒也是從那些東西裡發出來的，就像顯微鏡下的微生物。我越靠近光越強，彩色的光好漂亮，神明廳變得超亮，公媽燈的紅光好像也消失了一樣。

哇，我真的從來沒看過這麼漂亮的光，還會轉圈圈，好多好多圈圈，太奇妙了，我伸出手想摸看看那個發光的角。就在我的手指快碰到角時，旁邊傳來奇怪的聲音嚇我一跳，聽起來像貓在叫，哇嗚哇嗚哇嗚這樣的聲音，有貓咪跑進來嗎？

然後又「碰」地好大一聲，害我又被嚇一跳，心臟噗通噗通跳好快，我轉過頭去，阿嬤的遺照從牆上掉了下來，就在我看著掉在地上的遺照時，手指不小心碰到了透明的角尖尖的地方，才碰一下就受傷了。

「好痛！」

我的手指流血了，小小的洞卻流出好大滴的血，好幾滴血還滴到了無極神尊的頭上。

這個時候神明廳突然暗下來，恢復成原來的樣子，紅色的光照在無極神尊的臉上，祂額頭的角和那些好漂亮的光立馬都不見了。

剛剛發生什麼事？

是做夢嗎？

我的血從無極神尊的頭頂上慢慢流了下來，無極神尊的臉怎麼會⋯⋯

好恐怖！好恐怖！不知道為什麼我突然覺得好可怕，背後涼涼的，心臟噗通噗通跳得更快了，手臂起了雞母皮，剛剛到底發生什麼事？

我聽到不知從哪裡傳來窸窸窣窣的聲音，有東西在爬，是剛剛那隻在叫的貓嗎？

但是不對啊，貓是跑不進來的，神明廳沒有窗戶，開門也要按密碼，那到底是什麼東西在窸窸窣窣？

不對勁兒！

我趕快爬下神明桌，還不小心踢到桌上的筊，筊掉到地上，發出喀啦喀啦的聲音，我又起了雞母皮，是一個聖筊。我趕快把筊重新擺回桌上。

我只想趕快離開神明廳，結果走一下就踢到東西。

啊！是掉下來的阿嬤遺照，遺照背朝上倒在地上，相框的背後貼著一張長方形黃紙，上面用紅字寫著什麼「萬牙不出」，那個牙右邊是耳字旁，不知道怎麼念，神明廳的門裡面也有貼一張一樣的紙。媽咪說那是符，但是我看視頻演的符都是貼門外面還有鬼的頭上，不知道為什麼我們家要貼在神明廳的門跟阿嬤遺照的後面。我想把阿嬤掛回去，可是太高我沒辦法掛回去，那我想說至

邪不出

少把阿嬤翻回正面擺好，但我又很怕翻過來遺照裡阿嬤的眼睛會看我，所以就直接離開神明廳，不管了。

我下了樓，阿尼正好準備出門，阿公也穿好薄外套。

出發時我傳賴問大頭到集合地點了沒？

他秒回：已經到了。

傳訊息時，剛剛被刺到的傷口又滴了幾滴血。

我跟阿尼還有阿公照著平常的散步路線走到公園，遠遠就看到溜滑梯旁邊的大頭朝著我揮手。

「少爺的朋友嗎？」阿尼問。

我其實比較想要阿尼叫我熊寶，但媽咪規定她跟其他人都一定要叫我少爺，媽咪說什麼爬到頭上就不好管了，講得好像阿尼是猴子。

我點點頭，對阿尼說我跟朋友在那邊玩，阿尼對我笑了笑，我就跑過去找大頭。

「準備好了嗎？我覺得這一部一定會火。」大頭興奮地說。

我點點頭，回頭看阿尼他們，那些外勞跟阿公阿嬤開始慢慢圍成圈圈。

大頭跟我再次確認那條視頻的拍法，角度啊、配樂啊，還有一定要配上笑聲的音效才好笑。大頭要用我的手機拍，因為我的鏡頭是最新的，大頭拿著我的手機開相機轉來轉去，他說這叫「取景」。

等到阿尼跟其他外勞聊天聊到最開心，一起開始吃她們那些聞起來味道奇怪，但聞久了滿上頭的食物後，我就跟大頭打了暗號，表示行動開始。

我跟大頭走向阿尼。

「我想推阿公去晃晃。」我說。

阿尼回說要注意安全喔，就繼續聊天吃東西。

第一步成功，我跟大頭都開心地笑了。

我們推著阿公走出公園，開始往十字路口走去。

移動時又刷一次那條十五秒的短視頻複習。

視頻內容就是一個人推著坐在輪椅上的朋友到馬路邊，然後用力把輪椅往馬路上推，結果有臺車子快速開過來，輪椅上的人被車子嚇到整個跳起來跑走，車子也緊急煞車，駕駛下了車一臉矇逼，再配上大笑的音效，超好笑。

我們還刷到一條回覆，說這是「刺激療法」，我查了一下，真的有這個療法，TD比課本還有用。

「這樣我們拍的視頻要叫什麼？」我問。

「**我推的阿公。**」大頭說。

「我推……那不是最近很紅的動畫嗎？」

「對啊，下對關鍵字，然後看流行趨勢蹭一下是增加曝光度的祕訣之一喔，Hashtag一定要看使用數五千以上然後兩萬以下的。我爸有讓我上莎莎莉艾的線上網紅課。」

莎莎莉艾是個超厲害的百萬網紅耶，難怪大頭懂那麼多，等治好阿公我也要叫阿公讓我去上這個課，我也想趕快當上百萬網紅。

我們走到十字路口，車子還滿多的，我擺好姿勢，看著對面的紅綠燈，小綠人正在走，倒數計時還有四十四秒，然後大頭開始取景，看哪個角度拍比較好。我有點緊張，我覺得經過這次我要不一樣了，我治好了阿公，爸比媽咪一定會稱讚我，還正式開始製作短視頻，好開心。

「等等我喊ㄟ柯遜，你就用力把阿公推出去喔！」大頭說。

我比了一個讚。

倒數二十秒。

我在阿公的耳邊說：「阿公，不用擔心，我馬上就會治好你。」

阿公先是一樣又咿咿啊啊不知道在叫什麼，但是……

他突然說話了，他說：

「老陳，什麼事？」

我嚇了一跳，阿公說話了，雖然不知道是什麼意思，但阿公說話了！

「準備喔。」大頭過來拍了拍我肩膀。

「少爺……少爺……不要跑太遠。」阿尼走出了公園，對我喊著並走過來，可惡，關鍵時刻，希望她不要來搗亂。我又看向小綠人，還有四秒，而且對面剛好有一輛卡車停在斑馬線後面，這麼大臺一定更刺激更有用！

倒數計時兩秒。

小綠人停止走路，小紅人出現，卡車開始前進。

「ㄟ柯遜！」大頭喊。

我看準時機，卡車衝過來時，我用力將阿公的輪椅推了出去。

GO GO GO！我聽到大頭喊著。

然後又聽到阿尼發出尖叫。

煞車聲跟喇叭聲好大聲。

碰！

結果跟我想的不一樣，阿公並沒有因為被嚇到而站起來，還被車輪壓住。

然後，有什麼東西從阿公的身體裡⋯⋯⋯

第二章

美玲與無極神尊之恩

家裡神明廳的仙祖像裂成兩半的那一幕，至今美玲仍舊印象深刻。那是她八歲的事，一九九五年，中元節。

仙祖像裂成兩半的那晚，母親被車撞死，而美玲就在路邊目睹了一切的發生，天上正掛著像是要掉下來的巨大月亮。

當下她沒有立刻尖叫，因為太不真實了，她那時才正從夢境一般的迷茫中回神，意外也發生得太快，只是一個眨眼的瞬間，她不過叫了聲「媽媽」，巨響便接踵而至。

那一天之前，美玲對人類死亡的認知只有電視上演的那些虛構情節，每次看到古裝連續劇裡的角色被箭射被刀砍然後噴血大叫，總是讓她感到不舒服。臺詞會說某某某死了，但「死了」究竟是什麼意思？何為生，何為死，她一知半解。

直到第二天，母親被送到太平間，他們一家人從醫院回到家後，父親將有著像是人類體溫、手感沉甸的無極神尊像交給她時，母親倒在路邊如同一坨抹布的破爛身體的畫面，在她腦中不斷地重複閃現，才讓她真正對「死亡」兩個字有了恍若放在手中具有重量的真實感。

母親在加護病房搶救時，在外面談生意因而較慢趕到醫院的父親，比起母親的狀況，反而更關心怎麼沒看到阿嬤，不斷問美玲阿嬤怎麼沒有一起來？

「這件事得要她來處理看看，是跑去哪了？」父親天岳焦慮地說著。

對於發生什麼事，以及阿嬤為何沒有一起來，美玲抽抽搭搭語焉不詳，半個完整的詞都說不出口。那個年紀的她在經歷如此遭遇及衝擊下，內心的混亂使她失語。對於美玲的不知所云及眼淚，父親天岳只是咋了咋舌，毫不關心，然後抱起一臉狀況外的志高看向虛空，念著：「神明保佑……」

最後，美玲只記得母親被車撞死的那夜，阿嬤跑出了門就失蹤了。

八歲的美玲之前跟爸媽一起看過《人肉叉燒包》的錄影帶，裡面也是有很多死人，那些鮮血直流的場景母親說是假的。但當目擊母親被車撞的現場，她才知道原來人的身體裡真的裝得下這麼多血，她懷疑人類像是水球一樣，薄薄的皮膚之下都是血。

車禍發生時，大量的血液從背對著她倒在馬路中央的母親身體湧出，然後沿著還殘留一絲暑氣的地面，像是有意志般往站在對街人行道的女兒緩緩流過去，但其實血不過是往路邊的排水口流去。原先支持她母親生命的體液，就這樣一滴滴地消失在黝暗的下水道中。

肇事的車轉了半圈撞在了一旁的行道樹上，那是一臺老舊的翔銳，行道樹幹被撞到斷裂，樹幹倒下壓扁了車頂。

肇事車輛無論從正上方看，或從水平看，都呈現「凹」字形。

變形的引擎蓋下冒著濃煙與火光，不知道喇叭是不是被撞壞了，發出像是警報器的連續短音。

嗶、嗶、嗶……

她望著躺在地上被火光勾勒出輪廓的母親，那姿態讓美玲聯想到被黏鼠板黏著，四肢扭曲的老鼠。那些老鼠總是發出吱吱的叫聲，然後越是掙扎身體被沾黏的部分越多，毛皮脫落流出血來，看著就噁心，老鼠只要被黏到就會吱吱地叫。

記憶中老鼠的聲音跟車子嗶、嗶、嗶的聲音重疊。

老鼠也會死掉，那些黏鼠板上的老鼠屍骸，比起連續劇更為直觀。所謂的死就是受傷不會再動了嗎？美玲疑惑著。

但此時，母親的身體雖然癱在地上，卻還在動著，說是動，更像是發抖。

美玲這才察覺到，她因為車禍的衝擊巨響耳鳴了。

站在路邊的她努力轉動著腦袋，還在嘗試去分析跟認知她的眼睛接受到的訊息。

四周已經開始騷動，鄰居都跑了出來，路人也聚集圍觀。

有個人靠過去想將母親扶起來，但那個去攙扶的人才扶到一半，動作便停了下來，她可以看到他側臉上的表情，她更困惑，他的表情讓美玲難以理解。

但就在下一秒，她想她是不是也露出了一樣的表情？

母親的頭有一邊扁掉了，如同消氣的皮球，癱軟的頸部以不可能的角度「啪」地彎曲（她很清楚就現場混亂的狀況，她不可能聽到那麼細微的聲音，但她確定自己真的聽到了，母親的脖子發出像是折斷免洗筷的聲響），然後其臉部以上下顛倒的方式朝向了她，那是張輪廓已然模糊難以辨識的臉。太奇怪了，不久前還好好的一張臉怎麼會變成這樣呢？美玲想著。

同時，有個東西從母親的「臉」上閃了一下光芒掉了下來，咕嚕咕嚕地滾到她腳邊，緩緩停了下來。

是眼珠，母親的眼珠從其凹陷的臉上被擠了出來。眼珠帶著少許神經束與血，像是個獨立的生物駐足在離她不到一公尺外的路上折射著夜光，瞳孔還正好對上了她的視線，放大的瞳孔中映著美玲的身影。

而就在她反應過來那是母親眼珠的同時，她聽到了一個女子的聲音從身後傳來，聲線像是母親。

「美玲……不要怕……」

那聲音簡直就像是緊貼在耳邊一樣，聽到了自己的名字，她反射性地回頭看去。

也在此刻，她突然想起母親說過的話，農曆鬼月晚上聽到有人叫自己的名字時不能回頭，就算是認識的人的聲音也不可以。

但想起來時已來不及。

美玲轉過頭去，眼角餘光看到了一個女子，她的面目模糊，而且身影還是半透明的。

「鬼」這個字立刻閃過腦海。

直到這時她才終於發出高分貝的尖叫。

就在她維持著半回頭的姿勢發出前所未有的淒厲尖叫之時，半透明女鬼唰地原地消失，而強烈的頭痛猛烈地襲來。

事後聽隔壁唱片行的老闆娘說，她摀著耳朵整整叫了五分鐘，像是著了魔，雙眼翻白四肢僵硬，叫完便整個人昏了過去。

……

寄件人：Dreamer Cat <dream666@gsnail.com.tw>

收件人：Betty Syong <Beety0527@gsnail.com.tw>

郵件主旨：催眠前須知（詳見附件）

熊小姐：

您好，附上說明文章與特製音頻，請您先閱讀及聆聽，以對

OMNI催眠有正確的認識（由於娛樂文化的影響，多數人對催眠有極大誤解）。

催眠是既專注又清醒的狀態，全部過程都是您的主動參與及允許才能進行。

為自己準備好以接受催眠療癒的最好方式，就是允許自己與高我有清晰而直接的溝通，開放自己的心胸，帶著好奇心來挖掘自己的潛意識，面對過去，迎接未來。

另外，臨床顯示，經常練習靜心冥想的人能夠更容易進入到較深的催眠深度，因此會建議在來催眠前的這段時間裡，可以多聆聽附件音頻靜坐。

隨信附上匯款資料給您，給您的優惠費用是每次2小時，優惠價9500元，建議一個療程以五次為單位。

••••　•

檔案編號470：諮詢者陳述逐字稿
※備註：尊爵貴賓，療程必須延長※

哈囉，夢貓老師，你好，久聞大名，我常聽馬太太說到你，她對你讚不絕口，她說透過你引導，她才清楚自己真正的「想要」，這是專用術語嗎，動詞代替名詞。

真的沒想到在信義區可以有這樣的辦公空間，就像真的到了樹林裡，採光的設計好棒，還有小瀑布，你一定要把這個設計師介紹給我。

我喔，呵呵，我個人是沒那麼喜歡戶外活動啦，蟲很多，夏天要防曬，冬天又冷，可是有時候要參加的典禮活動之類的又不能不去，如果戶外環境都像你這工作室就好了。我沒有空調真的不行。

喔，你是信主的啊，我第一次看到這種耶穌像，之前看的耶穌像都……露得比較多，這耶穌的披風是金箔嗎？真貴氣，沒有耶，不好意思，我沒聽過黃衣耶穌。

來，這是我的名片。

叫我Betty就好。

不瞞你說，其實我不怎麼喜歡「美玲」這個名字，有點cheesy，不過當然這樣想不應該，這可是父母給的名字……

但我真的真的很不喜歡這個名字，我還是習慣別人叫我Betty。

還好啦，「黑熊弱勢國小兒童關懷基金會」的理事長也不是只有我一個，外子才是真的理事總監，這個基金會就是外子成立的，他關心兒福，在這一塊深耕多年了。

畢竟社會責任也是算家業的一部分，對，熊天岳就是我父親。

一定要錄音嗎？

原來還要再諮商後分析出檢表，服務真周到。

這樣就好說了，雖然有點失禮，我也相信老師的為人，但這份NDA還是得麻煩你過目並簽名，這是標準流程，我的身分比較敏感，不好意思。

太好了，不愧是老師。

是，我這次來主要是想試看看催眠療法能不能改善我的偏頭痛，老毛病了，是死不了，但很困擾。

我定期都有健康檢查，也查不出異狀。西醫跟中醫都有看過，連神佛也都試過，我很虔誠，家裡的神每天我都會誠心供奉念經祈福，我家的神很靈驗，熊家能有今天真的是神明保佑。

當然有問啊，但每次問神尊我頭痛會不會好，都是笑筊。

我也有去外面的廟問事，不是說我被鬼附身就是冤親債主，符水喝了，護身符戴了，十萬的祭改也辦了，都沒用呢。

也有命理老師說是累世因緣的關係，總之什麼說法都有。

結果普拿疼最有用，我一天都會吃個一、兩顆，比什麼都有效，但西藥吃多了，我也擔心傷身。

時間的話……我印象中是從國小開始的。

身心科也是最近萬不得已才去看，看身心科不是很丟臉嗎？好像自己是神經病……

但最近頭痛的頻率跟次數實在太誇張了，普拿疼有時壓不下來。

如果你有看新聞，應該也知道家父前不久中風了，事情都亂成一團，現在外子暫代家父的職位，我很擔心家父的身體狀況……

我幾乎天天拜拜都會擲筊問神尊家父的狀況，唉，每次也都是笑筊。

病痛這種東西，可能真的就是因果，神尊也愛莫能助。

我知道啦，我不是歧視身心障礙，畢竟我也是「黑熊身障福利關懷基金會」的總理事長啊，我只是覺得……會去看身心科的人都……

不過！

就是身心科的醫生說我的偏頭痛可能是心因性的，也許是某種創傷的後遺症，也許催眠會有幫助，所以我才起心動念想試試催眠療法。

但接受外面醫院的諮商催眠實在是太缺乏隱私了，護理師來來去去的，馬太太才介紹我到你這兒。

啊，謝謝你，那這份NDA我收下了，來，副本你留著。

我知不知道創傷的源頭喔？

我猜啦，雖然記憶有點模糊，但應該跟我媽的死有關，那是我八歲的事，我母親死在我面前，車禍。

我的家庭結構？

我家庭很一般……我跟丈夫有一個八歲的兒子……

你是問事發當時啊，那時候……我……那時候我們家在獅子林開一間洋行，地點不錯，在一樓又在路口，有陣子靠賣走水的紅白機賺了不少，可是我爸那時迷六合彩……錢一直留不住，但還算小康。

家庭成員有阿嬤，我爸媽，我，還有一個小我一歲的弟弟。

其實我記憶真的很模糊了，畢竟那麼小，太久了，但我媽死的樣子我記得很清楚，可能對小孩……不，對大人來說應該也一樣，太慘了，我媽被撞到頭都碎了。

啊，對了，我想起來了，身心科的醫生有說這可能就是我頭痛的原因，共情還是什麼的。

有啊，我有按照電子郵件練習靜坐，很奇妙，進入狀態後身體感覺一直在原地旋轉，不是暈，是真的物理上像是浮起來，以頭頂為圓心，慢慢順時鐘轉，我試了幾次，都這樣，這樣算正常嗎？

星體投射喔，我知道啊，但我個人是不相信，我有宗教信仰，我相信人魂離體就會被業力牽引進入六道，所以我一直都在做善事，種福田。

神明保佑，阿彌陀佛。

真的嗎？所以我是容易受暗示的體質啊，這樣是一件好事吧，比較好進入狀況。

我比較常聽的是編號八的音檔。

對對對，就是這首。

好，正式開始嗎？

看著手電筒的光嗎？好，我跟著閃光眨眼睛。

嗯嗯，我這樣很舒服，好，我閉上眼睛。

哇，我真的浮起來了，有、有，看到光了。

有，我看到門了，天啊，太奇妙了，居然這麼清楚，也太真實了吧！

是，我站在迴旋梯上，地板好冰，有，我理解你的指示，從現在的年紀開始算，跟著你倒數，每倒數一個數字就下去一層，打開一個門，門上標示的數字也是往下遞減，直到八歲為止。

好，我現在要建構時間與場景，我相信語言的力量。

我母親過世的日期是西元一九九五年八月十號，出意外大概是晚上十點多，應該是已經關店，因為印象中鐵捲門拉了一半下來。

開始吧。

（中略）

八……為何八號門上標誌有點變形，這是銅鏽還是發霉？我開門了喔。

嗚嗚嗚嗚嗚嗚……

真的是媽媽。

我嗎？

我看到我現在在店裡，準備關店了，牆上有鐘，快十一點了，我正幫忙把商品的展示櫃推回店裡，櫃子好重。

媽媽在店門口燒金紙，雖然一般做生意的都是農曆十六要拜拜燒金紙，但我們家習慣十五拜，都是晚上關門前拜，而且今天是中元節，整間大樓都在拜。

我看到志高在店裡的後面玩電動，天啊，空間好窄。

志高是我弟。

我爸今天也是吃完晚餐，就跟阿狗叔叔一起出去談生意了。啊！

嚇我一跳，是阿嬤，阿嬤正在我媽旁邊碎碎念，說我媽燒金紙手腳太慢，反正我媽做什麼她都有意見，可以說是虐待了，然後我爸也都不管，我媽真的是油麻菜籽。

我不喜歡阿嬤，她是日本時代的人，連名字都是日本名，叫初子，所以觀念也是老派作風，皇民，我覺得我爸重男輕女的那一套就是從她身上一脈相承來的。

阿嬤跟我爸很疼我弟，對我完全不一樣，有時候還會無緣無故打我，也會打我媽。

媽媽說過阿嬤當初知道懷的是女孩時曾要求墮胎，是我媽力保，她說那是她唯一一次忤逆阿嬤，沒有我媽就不會有我。

阿嬤為了逼她流產還在我媽懷我時動手動腳，在我爸媽的床底放剪刀跟菜刀，還煮一些莫名其妙的說是補身的藥逼我媽喝。

幸好我媽跟我都挺過來了，從我懂事媽媽就對我講這些事，阿嬤帶給她的傷害真的很大，她常常講到哭，說沒有她就不會有我。她總說我們母女連心，我真的很感謝我媽。

我七歲上小學第一天下課，那天也是我生日，她帶我去大觀園吃日本料理，我們一起吃了碗親子丼，那時候我還以為親子丼是專門做給媽媽跟孩子一起吃的燴飯，所以才叫親子丼，那時年紀小還不懂日本人的惡趣味。那碗飯很大，媽幾乎把料都給我吃，那碗親子丼真的很好吃，後來我大了，又去了大觀園吃親子丼，味道卻跟印象中不一樣了，不是難吃，不過也說不上好吃。

但你知道嗎？我弟生日的話，阿嬤都是帶他去波麗露吃牛排。他才幾歲？不如買個乖乖桶就好。

我怎麼知道他去波麗露喔？就志高自己跟我講的，說阿嬤帶他去吃牛排，我那時還不知道牛排是什麼呢，呵呵呵。笑死人，那年紀的小孩過生日吃什麼牛排？

啊，好，我回到現場。

金紙燒完了，怕又有客人跑來要逛，我媽先把鐵捲門拉下一半，然後牽著我跟著阿嬤到神明廳感謝仙祖。我們家神明廳是在店後面一個獨立的隱蔽小隔間，跟附近店家大多把神像擺在店面不太一樣。

我有問過阿嬤為什麼要像這樣把「神明」藏起來，阿嬤說仙祖不想現世，從她義父那一代開始，拜仙祖就是要在一個這樣的小房間。

仙祖的仙是神仙的仙。

阿公的遺照也是擺在神明廳。阿公很早就死了，好像也是車禍。

我從懂事開始，就跟在媽媽還有阿嬤身邊學那些拜拜的儀式，阿嬤說拜拜是女人的責任，我媽如果早死，我必須教會弟弟的老婆怎麼供奉神明。

鮮花素果怎麼選、念哪部經，還有每年清屯跟中秋一定要幫仙祖修鬍子。

仙祖的鬍子據說是真人毛髮做的，又濃又黑，鬍子很會長，不定期修剪的話，整尊神像都會被鬍子覆蓋，是真的有靈性。

修剪下來的鬍鬚阿嬤會用火燒成灰，然後吩咐媽媽加到菜裡，說是這樣身體會更好也更保佑熊家。

那老太婆真的很狠毒，她一直說我媽可能會早死，結果就真的被她說中。

家裡仙祖怎麼來的喔……

其實我知道的不多，阿嬤跟我弟說比較多，我有聽過阿嬤跟志高講她跟仙祖的故事，畢竟他是長子，女人只是負責供奉，但保佑的是熊家的血脈家運，所以我弟可能比我更瞭解仙祖的由來。

不過我知道仙祖本尊是周文王，對，就是那個周文王。

我只知道仙祖是阿嬤從她義父那邊傳承來的，她的義父也是她師父，一個什麼從基隆來的算命師，所以我阿嬤以前也是算命的，聽說很準很有名，有開宮廟辦事。後來遇到都更，廟的所在要建國宅還是什麼的就收山了。

形容環境嗎？我看看……我們現在在神明廳內，裡面的照明只有神桌上兩邊發著紅光的公媽燈，仙祖像就擺在正中央的神明桌上，祂的鬍子已經長到快接近桌面了，再過兩個月就要修了。

我們三人合掌感謝仙祖保佑，拜完後媽媽擲了筊請示後，就開始收拾桌上的梨子、芭樂跟釋迦。

這時，阿嬤說下次修剪仙祖鬍子要由我來負責，我得開始伺候神明了。

打雷了！

應該說是有一個類似打雷的聲音從正上方傳來，但比較像是很重的東西掉下來，撞到神明廳的鐵皮屋頂上。

我們嚇了一跳，媽媽手中的水果掉下來亂滾。

然後仙祖……仙祖……

公媽燈不知道是短路還是怎麼樣……開始閃……

仙祖像發出啪啦啪啦的聲音，接著就從正中間裂開，裂成兩半的仙祖像掉到地上。

仙祖像裡面噴出……那是血嗎？

媽媽看著地上的神像發出尖叫。

然後阿嬤突然抓住我往外跑去。

到底怎麼回事？

阿嬤用臺語大叫：

「Okasan，趕緊浪槓，欲大地動啊。」

我不知道發生什麼事，就跟著阿嬤一直跑。

平時阿嬤很愛抱怨腰痛關節痛，但現在她跑得快到我都跟不上，力氣也很大，我幾乎是被她拖著跑。

我們到了一條小巷阿嬤才停下來。

我認不出這是哪裡。

很陌生。

阿嬤很喘，但還是不停喊著：「Okasan，趕緊浪槓，欲大地動啊。」

我有一個想法，我認為阿嬤可能是通靈了，她可能預知要發生地震了。

我先想到的是得找到桌子躲在下面。

年初在新聞看到日本發生了阪神大地震。

房子都倒了，還有很多煙，鐵軌跟火車都歪七扭八。

學校有加強地震避難訓練。

大地震來了，西門町也會變那樣嗎？

可是沒有地震的跡象。

這條巷子也什麼都沒有。

媽媽呢？有跟過來嗎？

嗯嗯嗯，兩邊都是水泥牆，很高的水泥牆，上面插滿防小偷的碎玻璃瓶。

我看到牆後面有一棟大樓，也很高，但很暗，沒有半扇窗開燈，可能是廢棄大樓……大樓的樓頂好像失火了，冒出紅色的光……

咦！**樓頂有東西掉下來了**，等一下，掉下來的好像……**好像是……人……**

怎麼辦？

好，我深呼吸，吸吸吐。

有，有路燈，一直往前延伸。

但路燈不太亮，樣子也很復古，裡面感覺不像是燈泡，是蠟燭之類的。

亮光幾乎都是因為天上的滿月照的。

好大的滿月！

可是巷子還是好暗，啊，前面有東西……那是什麼，那東西在動。

狗？

阿嬤抓好緊，我的手好痛……

大概六、七公尺的距離，那個東西的四周更暗。

不是，我不知道，牠眼睛會發亮，綠色的光，怎麼辦……怎麼辦……

是貓！

怎麼會有那麼大隻的貓？

阿嬤放開我了我的手……那不是貓吧……怎麼可能有那麼大的貓？

啊啊啊啊，牠的獠牙也好大，這到底是什麼動物？

牠一直看著我們，眼睛的光好毛。

還是妖怪？

阿嬤說話了。

阿嬤往牠走去了……怎麼辦？

她對著怪貓說歐沙西……她在說日語……我聽得懂這句。

她對怪貓說好久不見。

我想拉住阿嬤，卻只碰到她那條從不離身的手環。

不是金手鍊，就是一般的紅線，綁著一顆醜醜的玻璃珠的手環。

阿嬤說話了，不是對我說，她舉起手看著手環的玻璃珠自言自語。

她說……什麼……這樣啊，又有男人打開不該打開的門啦，男人真悲哀，

原來吉馬的眼睛真的一直在看顧著她，她要去當面道謝……我聽不懂啦。

那隻怪貓轉身離開了，阿嬤也跟著走過去了。

他們……消失了。

阿嬤跟怪貓都不見了。

我不知道我到底在哪，我沒看過這條巷子，奇怪，獅子林附近我應該很熟才對啊。

救我，阿嬤不見了，也沒有地震，但好暗，而且好冷。
嗯嗯嗯嗯嗯嗯……嗚嗚嗚嗚嗚……
我想回去……老師……老師……讓我回去……
好可怕，好冷，好暗。
到底是哪裡，怎麼變成那麼多條巷道，要走哪一條？
阿嬤不見了。
對，阿嬤失蹤了，之後都沒找到。
我會不會死掉？
我不想死。
等一下，我聽到媽媽在叫我，媽媽在叫我。
真的是媽媽的聲音！
好，我跟著聲音走。
咦，不冷了，前面有光。
我走出來了，這裡是……
是我們店的對面，到底怎麼回事啦？

我走到馬路邊，啊，我看到媽媽正站在店門口。
她看起來很慌張地東張西望。
她在叫我。
媽媽，我在這邊！
媽媽看到我了，她往我這邊跑。
啊啊啊，不對，媽媽不能過來，會被車撞。
嗚嗚嗚嗚……
媽媽向我跑來。
媽媽被撞了，媽媽被撞了。我害的，是我害的，我害死媽媽。
嗚嗚嗚嗚……
小美玲好可憐，美玲好可憐。
嗚嗚嗚嗚……
我可以安慰她嗎？
「美玲……不要怕……」
我跟我對到眼了。

啊啊啊。

……

離開催眠師的工作室一回到家，熊美玲就立刻往二樓自己的房間走去，那個來好多年還是不知道叫什麼名字的傭人，正準備問她要不要喝茶，她只是揮揮手示意不要打擾。剛剛的催眠治療讓她感到極度不舒服，她想起了不該想起的事。

但那段記憶有太多莫名其妙的不合理之處，尤其是那隻貓，那隻大到異常的貓，她總覺得在哪裡看過，不單單是記憶，還在其他的載體看過。

一進房間，美玲便衝到浴室拿出藥盒，先吞下三顆普拿疼。

什麼爛催眠。

她頭更痛了，或是那錯亂的情節都是催眠師的戲法，不是真的記憶，有可能嗎？催眠師故意這麼做好使她繼續去諮詢？

催眠師真的有辦法像電影裡那樣操弄記憶嗎？

她直接倒在床上，手機響起，是丈夫打來的，丈夫每次只要打來都沒好事，她直接把手機關機。夫妻分房睡已經有五年了，除非真的需要，像是出席公眾場合或在家人面前，她真的沒有很想看到丈夫的臉，也不想跟他說話，現在連在公眾場合假笑拍照時丈夫摟她的腰，她都覺得噁心。

她順手也把床頭的室話聽筒拿了起來，她現在需要一個人靜一靜。

想到丈夫她嘴角就開始抽動。

驀地，一股電流猛地竄過她的背脊，她想起來了，也明白帶走阿嬤的那隻動物不是什麼怪貓之類的……

她想起來了！關於那隻生物的敘述她的確看過。

美玲從床上爬了起來，打開那十坪的衣帽間，從香奈兒冬裝那區的深處夾層暗櫃中，翻出一個喜年來蛋捲的鐵盒。鐵盒已經鏽跡斑斑，那裡面擺著她童年的回憶，還有一些她不忍銷毀又不希望留於世上的事物。

她從中拿出一疊六百字的稿紙，約二十張，稿紙的右上方以蝴蝶夾固定並且對折著。

就在美玲準備翻開稿紙確認她的記憶時，幾張照片掉了下來。

她拿起照片，是四張大小不一的黑白老照片，最初這些照片是跟著稿子一起送到她手中的，像是稿件內容的某種延伸補充，但當時的她只顧著以不甘的心情抓了狂地審批著稿子，根本沒好好看過那些照片。志高出事後，照片也跟著稿子迅速被她收到了蛋捲盒裡，直到今天。

美玲拿起照片，開始一張張端詳。

第一張是少女時期的阿嬤站在神社的石獅子前的獨照，之所以知道影中人是阿嬤，是因為照片的背面寫著：林初子 攝於花蓮港神社。

第二張是一群小孩的照片，背面寫著：拿著球的一郎與初子跟朋友。
第三張則是一張馬的銅像，背面什麼都沒寫。

第四張則是一個不認識的女人在拜拜，她一樣翻過相片，才驚覺這是阿祖的照片，後面寫著：美㕒　平安醮　鄭聖祠。

美玲看著照片，也許是因為影像的觸發，那份只讀過一次的稿子中的內容，突然以鮮明卻又詭異的姿態爬過她的腦袋，她將照片放到一旁。

現在的重點是這份稿子，稿紙乘載的是美玲的弟弟志高人生的第一篇短篇小說。

秀氣的字整齊錯落在每一格上，每一個字的大小幾乎都相同，雖說是雙魚，但應該上升是處女才會寫出這種像是印刷出來的字體。美玲想著這篇創作，弟弟一定是用他上健中時父親送的那支萬寶龍149的18K尖書寫而成。K金筆尖的軟彈，想必也對書寫出結構漂亮的字有不少的幫助。

美玲上高中時，父親也送了她人生第一支鋼筆，是普通鋼尖的灰色LAMY Alstar。

當初弟弟一寫完稿子，便興奮地拿給美玲看，副本都還沒印，他告訴美玲想把作品投某個文學獎。

看著十六歲的弟弟期待而單純的笑容，美玲感到一絲厭惡，這孩子從來不知道自己多受父親的寵愛，只覺得一切都理所當然。在那些傭人跟建國出現前，家境還很艱苦之時，由於母親死亡阿嬤失蹤，志高有一半可以說是美玲帶大的。明明只差一歲，她卻被逼著當母親，要打理家務還要負責做菜跟拜拜，無論她付出多少，父親總是只稱讚志高。

志高從不知道美玲內心真正的想法，總像個跟屁蟲黏著美玲，自以為美玲對他的微笑跟寬容是發自內心，殊不知，美玲只是想要表現出內心理想中的姊姊該有的樣子給父親跟外人看。偽裝久了，就定了型，那時連她自己都認為，她身為一個姊姊表現真的不差。

志高甚至以為美玲是他的文學同好。

雖然志高愛閱讀，多少的確是受到美玲的影響。

那些只有他們姊弟倆的夏日，美玲總是帶著志高離開悶熱的住處，到圖書館吹冷氣跟看書，可以說是最大的奢侈跟享受。

志高不知道的是，只要出了什麼狀況，父親熊天岳對美玲總是拳腳相向沒在客氣。但父親從不在志高面前打美玲，最多就是責罵。父親對其物理性家暴的狀況，直到美玲上了國中才趨緩。

其實就高一生來說，志高寫的這篇小說不差，但也不怎麼樣。整篇讀下來，給美玲的感覺就是把阿嬤說的故事加上想像，配上一些虛實不明的史料跟鄉野奇談，還有網路上亂找的資訊形塑而成，再就著那幾張照片借題發揮。

至於想像跟現實的邊界到底在哪，美玲也無法判斷，畢竟那些故事跟家世淵源只有志高或父親知道。

捧著弟弟陳舊手稿的美玲，思緒被捲進了回憶的漩渦，彼時她正讀北壹女，參加的社團就是文學社。美玲也是曾有過文學夢，她愛談駱以軍，為《降生十二星座》高歌，一遍遍讀著《傷心咖啡店之歌》一遍遍地哀嘆，沉溺村上龍的狂亂跟吉本芭娜娜的溫柔，跟著村上春樹在東京的地下迷宮冒險找尋有著星星斑點的羊，當然張愛玲的金句反覆背誦是基本的，白先勇的臺北市是彩虹幻夢的眼淚結晶，《紅樓夢》裡一個個的情榜如數家珍，她更愛的是舔舐三島由紀夫的脆弱去想像天人如何五衰……

再美麗的事物終究會衰敗腐朽，但至少美麗過。

這一些作品傾倒於心中的激情與感觸，都成了美玲亟欲創作的動機，她也想要用文字去雕砌專屬於自己的心之迷宮，捏造出看見了美麗因而哀傷的須彌芥子。

可惜她失敗了。

天分果然是無法突破的壁壘，她怎麼寫都也只寫出一篇篇只有華美字詞堆疊著虛無；連最基本起承轉合都不俱備；充滿意識流且自溺煩人的故事大綱。

就算她為各個角色寫了幾千字的人物小傳，那些只從書中體會過、不曾真實感受過所編造出來的縝密細膩之曲折身世，拼在一起還是碗鹹豆漿，滋味豐富卻不成形。

不知花了多久，好不容易寫出了一篇自認不錯的三千字短篇，那是篇瀰漫魔幻質地的故事，講述了一個少女偶然遇到了化成流星的魔法師進而實現願望的故事，但社團的社員讀完那篇名為〈墮星的哀嘆與夢境的少女〉的作品後，卻只有那一句對她這世代創作者來說，不知該說是稱讚還是貶意，其實更像是魔咒的心得：

「很村上春樹喔。」

而十六歲的志高，喜愛九把刀跟藤井樹和涼宮春日還有什麼暮蟬，幾乎不看純文學作品的志高，只會讀美玲眼中不入流的娛樂作品的志高，卻能隨手拈來沒打草稿沒寫大綱連人物小傳都省略，就寫出一篇以戰後為主要時空背景的短篇鄉土奇幻小說。

對於自身的不足，美玲是這樣想的：也許因為喜好大多是華文作家，不然就是日本文學，種類也都窄仄，也許該多接觸其他文類及歐美文學。現在弟弟大了，家底也豐厚，祭神的事雖然還是都她打理，但應該交給傭人也無妨吧？

她下定決心，這是她人生第一次的「想要」。

強烈而深刻的願望，在內心成形並迅速膨脹。

那一天，就在志高上完補習班後將作品給她看之前，美玲決定向父親提出她的要求，她希望高中畢業後能出國去留學，去哥倫比亞大學進行文學領域上的深造。當然她也會補充，自己這兩年將努力讓成績保持在水準之上，目標是用交換優等學生的方式，並且爭取各類獎學金，只希望父親在生活上給予最低的金錢協助。

她在內心反覆琢磨著說詞。

當她鼓起勇氣走入父親書房，將自己的心願告訴父親時，天岳正在辦公桌前看著一疊不知什麼的文件。聽完女兒的話，他只是抬起頭看著美玲，世界的聲音沉澱了十秒。

「這樣神尊誰來供奉？」父親開口。

「我想說……可以交給——」

不等美玲說完，父親就向她砸出手中的文件。

「祭拜本尊是熊家女人的基本責任，妳阿嬤沒跟妳說過嗎？大了就忘本啦？這是家規，外人不許隨便祭拜跟見識神尊。」父親的聲音從漫天的Ａ４紙後傳來。

花白的紙張緩緩落地。

就算本尊已易位，由仙祖變成神尊，該燒香燒香，該吃飯吃飯，該辦的事，天打雷劈也得辦。

「知道嗎？」

見美玲低著頭不說話，她的父親熊天岳再次開口並壓低嗓音。

「知道嗎？」

美玲點點頭，眼中的淚水已經無法控制，嘴角也無法抑制抽動著。

「妳也不用去讀大學了，高中畢業以後直接到公司上班，好好瞭解家業，從基層做起，我一個月給妳五萬，還好妳夠漂亮，可以坐櫃檯當門面。」

父親繼續說著女人上什麼大學，果然無才才會德云云。

美玲站在原地發抖，她想反駁，卻又怕父親的拳腳。

她可以從父親說話的口氣跟音調判斷他會不會動手，就算父親刻意壓抑了情緒，隱藏翻湧的怒氣，她還是能感知到，也害怕。

「先練習櫃檯的一些基本文書工作吧，地上文件撿起來按編號排好放到我桌上。」

美玲收起了眼淚，按照父親的要求將文件整理好放到那張楠木大桌上，她知道哭已經於事無補。

天岳的手機響了，他擺了擺手示意美玲離開。

美玲轉身走出書房並輕輕帶上門，這時天岳接起手機說的話還是從門縫後傳了出來。

「阿國，事情辦得如何？幹，就跟你說錢不是問題，教育那麼重要，我就是要志高明年到瑞士讀書，他是熊家的香火，也是接班人，我管它手續——」

門完全闔上，美玲背對著門，她臉上沒有表情，她覺得自己體內發出了像是仙祖像裂成兩半時的聲音，頭好痛。

就在她失魂落魄要回到房間時，正好志高拿著那份原稿過來。

「我第一次寫小說，我寫好久，大概一個禮拜，還上奇摩知識加查了資料。我打算拿去投比賽，姊姊比較懂文學，希望妳可以給我些意見，因為我也沒擬草稿直接寫，怕有邏輯不通，或是錯漏字，這是原稿，等妳的意見出來，我修一下再去拷貝。」

志高將原稿遞給美玲，那四張老照片就疊在稿紙上，志高補充道：

「小說裡面有一些部分是參考這幾張照片去寫，我最近夢到了阿嬤，所以就去翻了以前的相簿，找到這幾張照片，順手就試看看寫下阿嬤的故事。」

當晚美玲看完那篇小說原稿後，就從鉛筆盒拿出雄獅牌紅筆開始大刀闊斧地在上面抓錯抓漏，在贅句上槓下又紅又粗的線，在佳句上也劃上一連串圈圈，每一張原稿紙都染上大小不一的紅。

看著被塗得亂七八糟的原稿，美玲有種不曾體驗過的快感，那快感強烈無比，就連偏頭痛都暫時停止了。後來她才知道這叫顱內高潮。

她在最後一張稿紙寫下了這樣的評語：

小說的文學性一般，文字不夠淬鍊，語法跟形容詞流於形式，文辭略弱，整體架構看得見映射現實歷史的意圖，卻沒有精確的核心思想，以鄉土為題材卻刻意怪力亂神譁眾取寵，創意平庸，主體與客體的觀點交換讓觀念錯置的手法實在俗濫，自以為新穎的概念偷渡卻是老調重彈。

第二天美玲以生理期為由請了病假，她之前為了全勤，無論頭痛肚子痛還是感冒都從不曾缺席，但現在對她而言，成績已無所謂，文學什麼的也是過往雲煙，畢竟她夠漂亮只能坐櫃檯。

她穿上了之前買的，覺得美麗但似乎過於暴露而不敢穿的Miu Miu無袖綠色洋裝，在全身鏡前轉了幾圈。自己的確漂亮，拿來當公司的門面也沒什麼不好，她對著鏡中的自己擠出笑容。

接著，她在確定弟弟出門上學後，便進入他的房間將那份「審批」好的原稿放到其書桌上，她很少來弟弟的房間。

美玲想到同學說過，在自己哥哥床底下發現色情雜誌的糗事，忽然好奇弟弟是否也在床底藏了什麼，她決定看看，於是趴下身去看志高的床底。

沒想到志高的床底下還真的有本雜誌，就這樣躺在一塵不染的地板上，美玲忍不住微笑，心想還真的有，是不是男孩子要藏這種東西都只會往床下塞？她伸出手去撈，心裡也好奇著弟弟那種一臉乖寶寶樣的男孩子，會看什麼樣的雜誌呢？

好不容易將雜誌從床底下挖出，結果那封面差點讓美玲尖叫出聲，同時，一個念頭隨著映入眼簾那雜誌挑逗不堪的照片與標題，幽幽地從美玲心底冒出。她翻了翻雜誌的內容，每一頁的照片都令她雙頰發紅，那是她不曾見過，也無法理解的世界。那麼地赤裸，那麼地下流，卻又飽滿著各種淫思奇技的欲望張力。

挖到寶了。美玲暗自驚呼，她的微笑如漣漪般無限擴大。

如果爸爸知道志高在看這種東西，會是什麼反應呢？美玲根本壓不住這澎湃的好奇心，她雙眼發著光翻著頁舔了舔嘴唇。

狂暴的好奇心撩得她心頭發癢。

她抓著雜誌，踏著雀躍的步伐，離開了志高的房間。

美玲眼角噙著淚，雙手放在背後走到了飯廳，父親正獨自用著早餐，看著報紙。

管家跟傭人都在其他地方忙例行雜務。

落地窗外陽光明媚。

她隨便編了一個謊，說是到志高房間想借他的書，然後髮夾掉了，結果她趴在地上找髮夾時，就在志高的床底下發現了色情雜誌。

聽著女兒的話，天岳不以為意，正眼都沒看她，也沒問她為何沒去上學，只是喝了口咖啡，接著繼續盯著報紙，告誡美玲以後沒事不要亂進弟弟的房間，並說：

「這年紀的男孩子看點有的沒的很——」

美玲不等父親說完話，便靠近餐桌將藏在後背的雜誌放到桌上，用手慢慢地推到父親面前。

雜誌的封面是兩個穿著皮褲、半身赤裸、戴著軍帽的精壯男人，兩個男人的舌頭纏在一起，並將手伸到彼此的皮褲中。

雜誌上大標寫著：「ＳＭ特輯：拳式性交的行前指南」。

副標是：「鬆一下又如何」。

美玲收回手，看著父親的視線從報紙移到雜誌上的變化，她的眼淚跟淫水瞬間都無法控制地噴出，多虧了父親臉上的表情，她首次體驗到了顱內及生理上的雙重高潮。

「還好今天有用護墊。」爽到想大叫，感覺自己下面濕一片的美玲流著淚，品味著父親額頭的青筋這麼想著。

「志高是同性戀啊！」

她翻著白眼嘴角上揚著哭喊，並迎來第二波幾乎讓她腿軟的高潮。

．．．．．

美玲將思緒從往事拉回當下，她現在要做的，是從這篇爛小說裡找到關於催眠治療中所見之生物的相關敘述。於是，美玲開始讀起志高那篇名為〈番〉的小說。

〈番〉

初子之所以叫初子，單純因為是長女，她有一個哥哥叫一郎，正暫住在臺北叔公家準備大學考試，下面有個讀國小的弟弟叫次郎，她總覺得父親幫小孩取名字的邏輯簡單易懂到有點隨便。

她的母親林潘美瓵正懷著第四個孩子，從十七歲生下第一個孩子後，她也已經三十好幾了，算是高齡產婦，在前面三個小孩後其實還懷孕過兩次，只是都沒有保住，所以對這一胎的來臨格外小心愛護。

懷孕四個月時的某夜，美瓵突然被惡魔侵擾。

夢中美瓵身處一間未見過的樣式結構的房間中，淡藍色的月光透過虛掩的門射進來，以細細的筆觸勾勒出四周的環境，牆面全都是巨大石磚堆砌而成，地板也是光滑冰涼的大理石，四角的石柱上刻著精細繁複的浮雕與符號，除了左手那側擺著成堆野獸的頭骨外，偌大的室內空無一物。那些頭骨有些長著角，有些長著獠牙，有些甚至像是人的頭骨。夢中的她穿著樣式陌生、車工細膩、綴著華麗刺繡質感如絲綢的衣服，脖子上掛著串滿彩色珠子的項鍊佇立在房間中央，項鍊上的珠子看來眼熟。她不知道為什麼會身在此處，這地方散發著詭譎的氛圍，她想邁步離開，這才發覺身體無法動彈，還來不及明白狀況時，一陣強烈到無法抵抗的睏意強勢淹沒了她，彷彿她已經許久未曾擁有過足夠的睡眠，明明在夢中卻睡著了，就在意識被拖入夢中夢的柔軟稠密黑暗之瞬間——

「唰」地一聲，屋內不知從哪裡冒出了某種東西扯破了她的領口。

驚醒的美瓩急忙看去，有一隻東西正伏在頭骨堆上的陰影中，墨綠到接近黯黑的體色融於影中般完全看不清楚是什麼，像是液體又像氣體，看似固定的形狀同時輪廓又有著流體的不定性，一雙又大又圓的眼睛閃爍著紅光。那東西不知是手還是嘴上的部分，巴著扯下的衣角以及項鍊，並注視著美瓩發出了這樣的聲音：

嘿嗚嘿嗚嘿嗚嘿——

是笑聲！動彈不得只能凝視那東西的美瓩意識到對方正在訕笑，其身下的頭骨堆也隨之震動發出喀啦喀啦的聲響，雞皮疙瘩從尾椎處冒出擴散到背部。原來不是人類的東西發出類似人的聲音，而且包含了明確的情緒表現，是這麼地可怕。

是鬼……

被恐懼包圍的美瓩渾身發涼，下顎無法抑制地顫抖。

也在此刻，她真正地醒了過來，那是她熟悉的臥房，粗陋而簡樸，身旁的丈夫正發出平穩的鼾聲，此時已經是入秋時分，夜裡的溫度不再燥熱難耐，甚至有些冷涼，她卻全身是汗，耳邊似乎還飄著那詭異的訕笑聲。

窗外夜色下，幾聲的狗吠與規律的蟲鳴讓她逐漸掌握了現實感。她從不知道原來夢境可以這麼真實而悚然。那個角落堆著頭骨的房間中感受到的氛圍、氣味、溫度跟聲響，就像層油膜緊貼在身上。

肚中的胎兒似乎感受到了母親的情緒，激烈地動了一下，美慇摸了摸肚子安撫著孩子。

不知道肚子中的孩子會不會做夢？她想著。

第二天，同樣的夢境再度來襲，差別在於多了一隻鬼，夢中她一樣忍不住打了瞌睡，唰、唰兩聲，衣服被扯破，她左邊的乳房露了出來。

第三夜還是周而復始夢著同樣的情節。

天未亮，她便急忙準備好早餐，跟還睡得迷糊的丈夫說了一聲要去買點菜，就出門前往國姓爺廟想去上炷香擲筊求籤，看看是不是被什麼東西煞到了。

國姓爺廟廟號是「鄭聖祠」，但她還是習慣稱國姓爺廟，其原本是花蓮市區最早的大廟城隍廟，建於日本時代昭和九年（西元1934），一開始供奉的主神是城隍爺，廟建成後沒幾年，以九一八事變為原爆點向外擴大的大東亞戰爭，使日本人開始推行皇民化運動，對殖民地進行階段性文化滅絕。日本人摧毀臺灣各地廟宇燒毀神像，那時離城隍廟外幾十公尺的鄭聖祠，由於國姓爺有日本人血統，是以不在拆廟的行列中。地方鄉民集思廣益，由於鄭聖祠外觀已老舊殘破，里民向日本人建議不如將鄭聖祠的國姓爺移靈城隍廟，取代城隍成為主神，也因此使城隍廟易名鄭聖祠得以保存，直到光復後才恢復為城隍廟，而當初從原鄭聖祠移靈來的鄭成功神像，依舊留於此廟中。

城隍廟雖恢復原名，但大家還是跟美珽一樣改不了都稱其國姓爺廟。

美珽供上廟外市集買的鮮果鮮花，燒了香，虔誠地向神明訴說了煩惱，但不論怎麼擲筊，都是笑筊。看著美珽不斷丟筊撿筊而逐漸神情失落，廟公勸她世事自有安排，強求不來，既然神明只是笑笑，那不如順其自然。美珽也只好黯然回家。

當晚，夢境按慣例襲來。

到了第五天，六隻鬼齊力幾乎讓她的上半身接近赤裸。不行了，再這樣下去她會在夢中被剝得精光。睡眠不足而感到頭殼發脹的美瑟想著。

在那些鬼面前完全赤裸後會發生什麼事真是難以想像，對於自己居然產生了不得體的妄想，她感到前所未有地羞恥。雖然內心痛苦無比，她卻無法跟丈夫或其他人商量，要說出自己連夜在夢中被鬼剝了衣服實在是太不要臉了，到時被以為是不正經的女人怎麼辦……

黃昏一到她便心頭發慌，一想到入夜後總得睡覺，她就全身盜汗、渾身發抖。

第七天早上，前一晚的夢境中她幾乎衣不蔽體了，鬼的舌頭……

她決定去溝仔尾一趟，她聽人說過溝仔尾有個算命收驚的，要算要看緣分，收錢說是隨喜，但緣分跟隨喜的金額其實成正比，可算過的都說不錯，也許去那邊問問是被什麼纏上，看能不能化解。

她拉開梳妝臺的抽屜，從暗格裡拿出一條手環，那是她嫁過來時少得可憐的嫁妝之一，這還是母親偷偷塞給她的，低聲在耳邊叮囑她要保管好。棉質的粗紅繩上有顆黃藍相間的琉璃珠子，被時間磨得光彩黯淡的珠子，兩邊裝飾地各串上兩顆小小的黃金珠，兩顆黃金珠加起來不到一錢，卻是她私下最值錢的東西。她解開繩結，取下金珠用紅紙包好。

這時她才終於想起，為何夢中那串彩珠項鍊那麼眼熟了，那些珠子跟手中這顆琉璃珠子像極了，差別只在夢中的珠子色彩更豔美閃亮。

溝仔尾在日本人統治的時候是遊廓，本來就龍蛇混雜，現在國民政府也在那裡設立了娼寮，像美叚這樣的家庭主婦本來就避而遠之，但現在也不得不跑一趟。她想早上去應該沒關係，這天她跟初子不用去幫傭，農活也不急。都光復五、六年了，社會卻反而跌入層次不同於日本時代的混亂，留一個女孩在家太危險了，於是美叚掙扎一番後還是帶上了女兒踏上黑金通，經過被炸成廢墟的花蓮港車頭前往了溝仔尾，這一路上她緊緊抓著初子的手，緊到初子好幾次喊痛。

「妳是不是夢到了擺著骨頭的房內有妖物在剝妳的衣服，而且數量慢慢增加？這是祖先累世的冤親債主來討債，妳看不到九月二十二的太陽了。」

算命仙接過了美慇用紅紙包的小金珠（看見那小小的金珠時他皺了皺眉）及生辰八字，聽完美慇的敘述後（她並沒有明說，只是簡單籠統地說做了奇怪的夢有些不安，完全沒有提到夢中任何情節，當然她也說不出口），他將三枚古銅錢放入了龜殼，一邊搖晃一邊念著咒語，銅錢在龜殼內喀啦喀啦響，然後算命仙輕輕一甩，讓古銅錢滾到了刻著八卦圖的檜木桌面，接著把龜殼擱到桌上，端詳了銅錢的正反及在八卦陣的位置後，說了以上的話。

算命館是一間破爛的鐵皮木房，門口插著一支暗紅色的關東旗，以豪邁的筆法寫著「雞籠蔡　擇日相命收驚」。

不若外表，室內出乎意料地寬敞而整潔，聽到美慇想看命，算命仙將她領到房子深處一間像是暗室、無窗的窄仄房間，並要求初子先在廳堂等待母親。

暗房大小約兩疊半，擺著一張檜木桌子並供著一尊神像，神像旁兩側的蠟燭照亮這暗室，紅色的燭光渲染出些許神祕。看到了美慇環視四周眉頭緊鎖的表情，算命仙說之前自己在吉野有間宮廟，但在「寺廟整理運動」時被拆了，大多數神像也都被日本人給燒了，這尊文王像是他唯一救下來的。為了不讓日本人發現，就在這裡造了個暗室供奉起來，光復後他也請示過文王是否要蓋廟，卦象顯示還會有大劫，文王也表明暫且按兵不動不出世。

一聽到算命仙居然詳實地說出她的夢境細節，還預言她三天後會死，美瑕捧著肚子感到一陣暈眩。她沒有質疑為何祖先的債要她來償，又為何這筆債會在這種時候突然出現，而到底冤親債主又是什麼？

她完全沒有思考這些問題，也許是因為生長環境，又也許是因為經歷了戰爭……災禍在她的經驗中總是沒有來由地降臨，生死由命，有果不一定有因。

「半仙，我不能死啊，我還有丈夫跟小孩，我不能死啊，小孩怎麼辦，丈夫怎麼辦？」

她慌張地抓住算命仙的手臂，比起死，她更怕的是她走了，丈夫跟孩子生活沒人打理，如果得死，至少也要求神大發慈悲先讓她生下肚中的孩子吧。

暗室中明明沒有任何通風處，燭火卻突然劇烈搖晃了起來，桌上的龜殼猛地從桌面彈跳了一下落到地面。這動靜使美屘嚇得驚呼一聲，算命仙看向龜殼，抬頭像是聽到什麼，幾秒後嘆了一口氣，說：「我再幫妳卜一卦吧。」

聽到算命仙這麼說，美屘某條理性的神經動了起來，她差點忘記生死之外還有一件重要的事。

「半仙……歹勢……我沒有錢……」美屘低著頭說道，她難得為此感到羞愧。

「我沒有要再收妳錢。」

聽到了不用錢，美屘鬆了一口氣。

「謝謝半仙……謝謝文王爺……」

同樣的流程再走一次，咒語、銅錢撞擊龜殼的聲響、晃盪的燭火、有著濃密鬍鬚的文王像不知是被戰火還是香火燻黑的臉……無助站在一旁看著的美叚，耳邊忽然聽到當初空襲警報尖銳的聲響，即使已過了許久，回憶起空襲警報的聲音還是讓她不寒而慄。

砒啷，三枚銅錢滾落桌面，美叚回過神。算命仙看著銅錢坐落的位置，掐手喃喃自語：「艮上離下，上艮下離，山火賁，怎麼會是這一卦……」他說，然後猛地眼球上吊，嘴巴張大發出乾嘔的聲音，全身抽動並前後搖晃看起來像是要倒下，驚訝的美叚急忙向前想去扶。

「潘美叚。」算命仙開口發出陌生的聲音，年長女人粗礪尖銳之聲。美叚才踏出一步便僵在原地。算命仙轉頭看向她，那雙眼睛中兩顆瞳仁正分別朝不同方向慢慢轉動。

「潘美叚！」老婦聲又喊，一股無形的力量讓美叚跪到地上，她本能地用雙手護住肚子。

隔日清晨四點左右，躺在床上幾乎徹夜未眠的美叚輕輕地起身，丈夫的鼾聲依舊。

她穿上鞋拿起掛在衣架上的外罩，暗袋中放著琉璃珠手環，還有一張紅紙與小張油紙包的漿糊。

悄聲走出沒有門板的臥房後，她到廚房洗了把臉讓自己打起精神，接著從廚房木櫃中，一個用石頭壓著木蓋的甕裡拿出了條臘肉，那是某個外省人送給丈夫的，丈夫說明年圍爐時再吃。美𡙇之前從沒看過臘肉這種東西，整條褐色的五花肉油亮光滑，還有一股香氣。她聽從丈夫的話，為了防蟲鼠，平時保存在甕裡並用石頭壓蓋子，一個禮拜拿出來曬一次太陽。她知道有時丈夫會偷偷拿出來聞一聞，看一下，生怕會不見一樣。

丈夫還在油亮褐色的豬皮上用刀劃了三個字：「林、一、二」。分別為丈夫的姓及大兒子跟小兒子名字的第一個字。美𡙇為此對丈夫表達不滿，不刻她的名無所謂，但既然兒子們都有，女兒的名也應該在上面，這塊肉畢竟是全家要吃的，難道女兒就不是自己的孩子嗎？

丈夫對此不以為然，說「初」這個字筆劃多，傷了肉掉了皮就不好了，就這麼敷衍過去。

美𡙇小心翼翼將臘肉用花布包裹起來，她不敢想像如果丈夫發現這臘肉不見會是什麼反應，但是到如今保命重要，前一天的經歷讓她認知到厄運確實緊隨身後。

真的逃過一劫後再把臘肉還回來就好。

接著她往客廳走去，有一個黑影正坐在椅子上，美壁被嚇得差點叫出聲。仔細一看，是初子，她穿著外出服，似乎正等待著母親。

「Okasan，我陪妳一起去吧。」初子說，她的手中還拿著手電筒。

母親看命時，初子坐在算命館廳堂發著呆，不知不覺打起了盹兒，矇矓中她看到一個老婦正向她招著手，那個老婦身形佝僂穿著奇怪，脖子上戴著一串像是瑪瑙的彩色珠子，乾皺的臉上爬著花樣繁複的紋面。

生番！她瞬間毛骨悚然。

初子小學時，田中老師曾帶著全班同學到吉野的番仔庄校外教學，並如同平時那樣大聲宣示沒有大日本帝國的神威，臺灣還是個像這個番仔庄一樣落後的蠻夷之地，沒有水沒有電，還會被生番砍頭吃掉，要隨時感恩天皇陛下。那些生番衣不蔽體，用手捉食物吃，吃的是放在土甕裡發白的生豬肉。

「多野蠻啊，看看牠們，但不久後牠們也會得到帝國恩澤，脫離野獸般的生活成為神國子民。」老師看著生番吐了口口水說，然後大聲喊了天皇萬歲，所有學生也都慣性地跟著喊。此時生番不論或站或坐都抬頭看著這些外來者，一雙雙眼神都像根針，無數的針射了過來。初子回家後做了個惡夢，夢到被生番追並吃掉。

只是事後想想，雖然生番吃生肉的景象帶給她極大衝擊，但她也看過日本人吃生魚，這也同樣讓她覺得訝異，居然沒有煮過就把魚切片直接吃。她覺得差別只在於日本人會把生魚肉放在盤子上，配著白蘿蔔用竹葉裝飾，以筷子夾起來吃。

都已經這時代了，根本不可能還有生番，更何況是在市區。因為生番而害怕的初子立刻意識到自己是在眠夢。

這想法一產生，初子就看到自己正坐在椅子低著頭、閉著眼、嘴巴微開，轉過頭，另一邊的老婦繼續對她招著手。

「Pentalan的女兒，來，跟著JIMA來。」

老婦沒有開口，初子卻聽得到她沙啞粗礪的聲音，並且明白其意思。

因為是夢，初子也不覺得奇怪，她跟著老婦往屋內走，輕易地進入了母親與算命仙所在的暗室，房內角落有個臉色黝黑、一臉雜亂鬍鬚，穿著古代官服的半透明老人身影窩在牆邊，像是團影子。當算命仙因為老婦將龜殼拍到地上後第二次為母親占卜時，老婦化成一縷紫煙，竄入算命仙的頭裡面。

算命仙以老婦的聲音叫出母親的名字，母親猛地跪下，算命仙用老婦的聲音指示了母親該如何處理，儀式要如何進行，只要看到九月二十二太陽升起便表示災厄已化，最後母親問了三次究竟是會遇到什麼災難，都沒得到任何正面回答。但當算命仙身體一抽倒地，一縷紫煙從他天靈蓋冒出並消散於空中時，初子（她知道母親也目睹到了相同的光景）看到了一幅畫面，在碎瓦破石的龜裂土地上，一塊染著血的大白布蓋著一人形輪廓的物體，有陣大風吹來，紅斑點點的白布飄走，躺在地上的是頭顱破碎四肢扭曲，全身沾滿血跟泥灰的美慝。

聽完初子說昨日下午她的經歷，母女也已到了通往花蓮港神社前的吊橋「宮之橋」前，吊橋之下是米崙溪，初子的話聽起來玄異，當頭腦更加發脹混亂的美瓩想再問清楚時，女兒緊緊拉著她向前走，並說：

「kasan，快點，時辰快到了。」

花蓮港神社位於米崙山半山腰，手電筒的光照射下，眼前的木板吊橋另一段還有一段向上的階梯，階梯兩邊連綿著石燈籠，階梯的終點是白色的鳥居，神社則隱於暗夜之中，在手電筒昏黃發散的燈光照射之下，高聳的鳥居透露了無名的陰森壓迫感。

初子跟母親走過微晃的吊橋步上石階，她盯著因距離拉近而變得高大的鳥居，內心越發不安。神社對她來說算是相當熟悉的所在，日本時代她跟同學被規定要定期來參拜，並要對著東方大聲唱《君之代》，不久前她的朋友還幫她在神社的狛犬前留影。

但她從沒在這種時間來過這邊，她感悟到原來夜晚的神社居然帶著這種壓迫性。

初子也曾因身為日本帝國子民而驕傲，更相信天皇的確是現人神，是這個世上唯一的真神。

當時正值日本國力鼎盛的巔峰，但隨著太平洋戰爭爆發然後前線吃緊，戰爭結束前，全家人一天只能分著吃幾條草根般細瘦的地瓜。神沒有給予任何的幫助。昭和十九年十月中，中美空軍混合團開始對花蓮港廳發動空襲。

面對跟母弟屈躲在防空洞裡，感受地面炸彈帶來的轟然撼動的日子，初子每每都以為全家應該也就要生離死別了。空襲警報一響，有行動能力的老弱婦孺都會趕到防空洞避難，成年男子跟青少年則必須到最近的派出所或消防隊集合並在各處待命，聽從指示等待空襲後立即救災滅火，所以一郎跟父親是無法跟著她們避難，得留在地表的掩體。

這種活地獄，直到米國使用了新武器的傳聞開始擴散，而邁向某種階段性的結束。

那是一顆就可以毀滅一座城市的炸彈，有人說帝都已被新武器攻擊，天皇死了，對於「本土」遭受神祕武器攻擊的消息，有人歡呼有人悲哭，當然也有人嗤之以鼻不相信有什麼新武器的存在，那只是米國人放的假消息罷了。

當那響徹全日本帝國範圍的「玉音放送」；天皇朗讀《終戰詔書》的聲音透過原本播放空襲警報的喇叭流入初子耳朵時，對於國家戰敗她其實沒什麼特別的情緒，誰贏誰輸都不重要，只要能從這不知何時被炸死或餓死的日子解脫就好，反而是天皇跟想像中不同、那細扁尖銳帶著沉悶鼻音的聲線讓她在意，聽起來簡直就像是住隔壁的陳阿伯一樣。

原來天皇也不過是個人啊，米國人的炸彈一炸，就神威盡失。初子心中一陣空虛地想著。

母女倆終於走到了鳥居之前，初子回頭鳥瞰一眼花蓮市，曾被炸得滿目瘡痍，但還是如新芽萌發的城市，被夜溫柔覆蓋，房子安穩平靜地錯落有致，點點的街燈就像是星星的反射。

田中老師說鳥居是通往神域的結界，是分隔人世跟彼岸的界線，經過都要抱持著敬畏之心，初子仍然記得神社裡供奉著天照大神、開拓三神、北白川宮能久親王。

神社就是神跟凡人在俗世聯繫的組紐……可是現在日本人都走了，也不知道有沒有把社內的御神體帶走……

如果沒有人供奉，神還會是神嗎？

這些被遺留下的鳥居所連結的，還是日本人的神域嗎？

還是那些神也跟著日本人離開了？但現人神都被米國的炸彈炸成了個空有名號的中年人……

那其他八百萬神是不是也被炸彈給滅了？那這鳥居之後所連結的無神之地是什麼樣的地方呢？沒有了神，又與彼岸相通的話是通往哪呢？

在紛亂的雜想中，初子跟母親已穿過鳥居到了拜殿之前，曝露在手電筒的渾濛光束之中，半隱於黑暗的木造神社外觀已失去了昔日的光潔，被斑駁與藤蔓糾纏覆蓋，如一副巨大野獸的骸骨。

一旁銅製的神馬像，昂首抬腳地在石臺座上，正以冰冷的目光凝視舉著手電筒攪亂濃密夜色的母女二人。白日下威風凜凜的神馬，在凍狀的夜中滲出了邪氣，舉起的前腳與栩栩如生的鬃毛跟金屬的瞳仁，瀰漫畸形的狂氣。兩人緊貼著彼此走到了神馬旁，用手電筒確認馬肚上的徽紋，那是花蓮港神社的社徽，社徽以日本國徽「十六瓣一重表菊紋」為主，中央花蕊部分則是正五邊形花蓮港市章所構成。

美屘拿出暗袋中的紅紙，爬上石臺座以漿糊黏在神社社徽上將其遮住，然後爬下來轉身背對銅馬，看向面前被初子的手電筒的光照出的所在，明與暗界線重疊。她內心緊張不已，如果儀式失敗，她是否真將如同幻象中那樣死去，究竟是什麼樣的情況才會以那樣的姿態死去，被車撞？還是空襲又來了，只不過換成共匪？

想著想著手腳無法自已猛然抖起，初子見狀緊握住母親的手，母女兩人相視一眼後，初子堅定地用手電筒確保前路都有光照，陪著母親按照神諭貼完紅紙後，背對銅馬向前走十七步，然後將臘肉放到腳邊，再後退八步之後在原地等待，同時要確保身上帶著琉璃珠。

當儀式流程走完的瞬間，在手電筒光下拉出了扭曲影子的臘肉旁邊，無聲無息出現了一雙腳。

母女倆被嚇到的同時發出尖銳的驚呼，初子用手電筒向上移動想看來者為何，是那個出現在她眠夢中的紋面老婦。老婦以白濁的眼瞳看向她們，無焦點卻又充滿穿透力的凝視，讓母女倆屏住呼吸僵在原地。

「可憐啊，變成番了。」

老婦沒有張嘴，但美屘與初子都聽到了老婦的話語。

這句沒頭沒尾的話讓兩人摸不著頭緒。

老婦繼續說，更明確來講，那像是某種吟唱，帶著節奏，音調中混合了無奈與委屈。

她說：

可憐啊，都變成番了。

你們要記住，我們Pentalan是「人」的意思，Pentalan是真正的人。

Pentalan的祖先是從北方的天上跟著流星來的，眾人的JIMA帶著人們到了珊娜賽，我們在那裡開始生活，眾人的JIMA教了我們用石頭建房子的方式，指導人們如何引水種植，留下神火讓我們燒溶鐵礦鍛造出刀劍狩獵，祭師以石英跟沙做出琉璃珠，那是JIMA看顧世界的眼睛……

但……都是男人的錯，他們總是好奇，太好奇了，不聽JIMA的勸告，打開了不該開的門，引來了■■■。

■■■會在夜裡剝奪人的睡眠，竊取人的夢境，來無影去無蹤，人們沒有睡眠無法做夢很快就會死了，可惡的[redacted]，人被偷走睡眠，死一樣地活著。

（聽到了[redacted]這個詞以及老婦的敘述，美慝夢中會發出笑聲撕抓衣物的黑影，猛地浮現她的心頭。）

腦袋已經混濁的人們，放棄一切以最快的速度乘船離開珊娜賽，好不容易到了這個島，卻沒想到這個島上都是番，殘暴凶猛。眾人的JIMA曾說過這個世界存在著「番」，番像是人但不是人，會說話也會做出跟人一樣的事，但絕對要記住那不過是種危險的動物，善於模仿，一不小心就會被迷惑，是異神創造的模仿品。

眾人的JIMA之所以讓人在珊娜賽生活，便是因為那是為唯一一塊沒有番的淨土，但淨土被男人的傲慢給……因為沒親眼看過……人曾都以為番只是傳說而已……

我們也不是沒想過要清掉番讓這裡變成第二個珊娜賽，遺憾的是離開原鄉太過匆匆，沒有帶到足夠的武器也失去神火，而且番的數量太多了，牠們不斷互相鬥爭也完全不怕人，好多人的頭被砍掉。

我們只好躲到山裡，祈求著眾人的JIMA能降臨淨化這塊土地。

番看似都長得差不多，但牠們分成許多不同群體，有原本就住在這裡的「本番」，後來又有從海上過來，外型跟本番有少許差異，可能連毛色都不同，但都定居下來的「定番」，接著越來越多不同種的番出現，那些番因為是本番跟定番之外的番，所以我們一律稱為「番外」，接著卻又有不同的「新番」過來，現在舊的新番被趕走，又來了一大批新的新番，新番總是毫無止盡地一直來。

男人改不了本性，因為好奇偷偷地開始接觸番，拿著人的東西甚至是琉璃珠跟番交流，跟番接觸，還跟雌番交配，被番迷惑了，接著女人跟孩子們也有樣學樣，他們產生了番也許是人的妄想，以為番是人，不不不，髒了……髒了……人的血脈髒了。

他們忘了，我們是跟隨眾人的JIMA到達珊娜賽的Pentalan，唯一的人。

太可憐了，人慢慢都變成番了，眾人的JIMA再也不可能來臨了，因為這世上幾乎沒有真正的人了，只有番，跟狗爭奪地盤一樣炫耀著那些應當屬於人的一切榮耀，Pentalan殘存的稀薄血脈也被詛咒，在這些爭奪中大量死了。

而藏在世界的裂縫裡努力保持人類尊嚴的那些人，也都在漫長的時間失去了人的形狀，再也沒有誰會記得人類曾存在這個世界了……

但我聽到眾人的JIMA的呼喚，眾人的JIMA被那些越來越多奇形怪狀無中生有蜂擁而至的番神啃食了，虛弱了，沒有人為祂祭奠……

妳們倆是世上殘存的少數的、稀薄的，雖然骯髒卻毫無疑問的Pentalan最後血脈……眾人的JIMA的眼睛還在看照著妳們，祂希望妳們能知道並記得，這世界上是存在過人類的，雖然妳們已經都變成定番了。

老婦語畢，緊閉嘴唇，眼眶已濕濡，哀傷的蒼白雙眼定焦在光之後的美瓩跟初子身上。

老婦的自言自語對母女兩人來說太脫離認知到無法理解，但美瓩對於其中的關鍵敘事還是很快、幾乎是本能反射般地說：「我們不是番仔啦，我們是河洛人，沒有番味。」

她沒察覺自己用的是許久沒說的日本話。

老婦笑著露出沒有牙齒的牙齦，說：「真正的人就不需要這些……只有番才會以各種樣子、各種氣味來強調自己希望的樣貌，用言語來約束來塑造什麼樣才是人，累啊。本番也好、定番也罷，各種番都認為非我族類是番。而Pentalan就是Pentalan……但……現在當人實在太難了。」

然後，老婦收起笑容，四肢扭動趴倒在地，皮膚開始脫落，露出豐密的皮毛……

美屘跟初子看著老婦突如其來的變異，緊抱在一起發出驚叫雙雙倒地，手電筒也落在地上，可能因為碰撞造成電路故障，燈光無規律地明明滅滅。

「老……老……虎……？」初子睜著眼說。眼前的畫面，讓初子想起國小時讀過的關於一休和尚跟老虎屏風的故事。

美屘緊緊將初子抱在懷裡，老婦化成一隻野獸，比土狗還大一些，那不是老虎，透過閃爍的燈光，美屘見到其深黃色毛皮有著如雲彩深色邊緣，亂中有序的塊狀斑點。她曾聽當獵人的舅公不只一次說起這種他想捕，卻至死都一無所獲的神祕動物，舅公也不止一次給她看那張其視如珍寶的照片。

高砂豹！

眼發青光的高砂豹——也就是雲豹——張嘴露出那特有的、如毒蛇般大到不成比例的犬齒，咬起地上那塊明年圍爐要吃的臘肉，揮動了粗壯的尾巴，一溜煙地往旁邊的松樹林竄去，便消失得無影無蹤。

不知過了多久，美瓩如夢初醒邊說：「到底……是怎麼了？得救了嗎？」她右手邊北濱的方向，太平洋泛起了一絲魚肚白。

初子扶著母親站了起來，她們的神情有些恍惚，彷彿被困於一場詭譎的夢境。

「太陽還沒完全升……」初子搖了搖頭，像是要甩掉什麼般地對母親說道。

初子話未說完，一陣如響雷，卻更低沉渾厚，不知何處而來的巨大轟鳴響起，同時地面猛地上下震動。望著東方天際的母女還反應不過來時，便被驚人的天搖地動席捲而倒在地上，簡直就像是整個世界被不知名的巨手拿起來顛倒玩弄。

「地震！」

母女倆立刻察覺發生什麼事，花蓮發生地震是常有之事，但這前所未見的強烈巨震讓兩人根本無法反應，只能趴在地上護住身體。各種崩塌跟爆裂的聲音加入了轟然的地鳴，如同無數怪物在怒吼，地面就像是變成液體般，母女倆被恐懼滲透，本能地想發出尖叫，但尖叫聲卡在喉頭，兩人只能彷彿兩顆碎砂，原地不動對抗翻天覆地的異變。

時間像是被無限延伸拉長到沒有盡頭，恐怖的巨震終於停了下來。母女趴在地上許久不敢動彈，確定地震真的停了才畏畏縮縮地爬了起來，身旁好幾棵大松樹都已樹根外翻倒在地上，卻都很剛好避開般倒在她們身旁，初子連忙扶起母親。

這時日頭正慢慢升起，第一道朝陽的光照向花蓮市，此時花蓮市卻因為剛剛的地震被一層濃厚的煙塵覆蓋，有幾處還冒著火光。

這場地震在後來被稱為「1951年花蓮—臺東地震系列」，由米崙斷層、玉里斷層、池上斷層錯動引起，此為一系列地震，最強的便是發生於西元1951年10月22日05：34強度為7.3的第一次地震，震央位於花蓮市外海十公里處，全臺灣都感受得到強烈的晃動，這一系列地震直到同年12月5日才停止。造成了八十八人死亡，三千棟房舍被徹底毀損夷為平地。

與初子遙望見花蓮市的慘狀時，美屘便知道丈夫跟二郎是救不回來了，雖然毫無根據，但她知道那塊標記上丈夫跟兒子們的姓與名、被高砂豹叼走的臘肉，便代表了他們的運命。而她的猜想也的確沒錯，就連遠在臺北的大兒子也被倒下的書櫃壓死。

「現在當人實在太難了。」

老婦的話語，在美屘臨終前還是時不時嗡嗡在耳朵深處迴盪。

．．．．．

美玲闔上志高的原稿，果然沒記錯，那生物是雲豹，難怪那麼大隻。

這篇小說裡那莫名其妙的神怪設定難道是真的？

如果是真的，依照小說設定脈絡，她當初跟阿嬤應該是同時進入了某種……結界？為何雲豹只帶走阿嬤沒帶走她？

其實美玲並不相信臺灣真的存在過雲豹，受到高中時的生物老師影響，她也認為臺灣雲豹不過是一個眼紅達爾文的英國人鬼扯出來的學術詐騙。

難道是因為我不相信才沒被帶走？不對啊，那時候我根本不知道雲豹是什麼……幹你娘，頭好痛。

到底該怎麼做才能醫好這個老毛病？雖然催眠治療並沒有帶給她好印象，但她還是聽從了催眠師的建議預約了第二次療程。

「要有耐心啊，心結太緊了。」

催眠完當美玲還在收拾自己情緒不知所措時，催眠師安慰道，幾乎沒有人這樣在乎她的情緒過。

自己居然跟一個十六歲小孩的滿紙荒唐言認真，實在說不過去。而且還是因為那個瘋癲的臭老太婆……失蹤只是剛好。美玲咬著牙這麼想著。

而且再次讀完這篇小說，裡面內容的部分指涉讓美玲內心極度不適，甚至噁心。

根據小說情節，幾乎是明示阿嬤林初子是原住民的後裔，有夠不像話的，她真的搞不懂志高到底基於什麼心態寫出這種東西。她很確定志高也看過他們阿公熊水泉的照片，比起他們這一代，熊水泉的頭髮更紅，皮膚更白，輪廓更深，毫無疑問熊家先代絕對是混了日耳曼人的血，混了白人的血是一回事，混到原住民的血又是另一回事，就算是女方的血脈，以熊家現在的格局，那也不可能是件值得驕傲的事。那個臭老太婆真的很番，但要說她是番……不能，熊家的血脈絕對不可能。

還好這篇鬼東西沒有見過光。美玲為自己當初的行為自我讚嘆。

她將小說原稿丟到一旁，從蛋捲盒再次拿出那四張老照片端詳，讀完小說再看那些照片，使得那通篇胡說八道的故事有種詭異的真實感。

看著看著，她發現這其中有三張照片怪怪的。

首先是「林初子」的獨照，照片右邊是被樹葉遮住一半的銅馬，銅馬後方有一個不到一層樓高的石臺，臺上有幾個婦女，但在那些婦女前，石臺的邊緣站了一個不知是石像還是人，身著古裝的身影。在美玲眼中，這形象有點像是日本七福神的惠比壽，但比例跟站的地方都有著說不出的不協調感。應該是神像吧。美玲想著，只是擺的地方很奇怪，擺在那一地震就會掉下來。

而且惠比壽旁邊的陰影也像是一張臉。真詭異。美玲暗道。

她不知道的是，基本上日本神社境內是不可能存在神像的，神道教不拜神像，神社本身可以說就是一個完整的御神體。

何況是花蓮港神社這種「縣社」等級的神社境內，更不可能出現惠比壽雕像。而惠比壽更常在娛樂作品中是以其原形「蛭子神」被虛構成一種妖怪，在臺灣較為知名的便是電影《怪談比留子》中的比留子。

另一張則是「美玨　平安醮　鄭聖祠」那張，阿祖的背後出現好幾對像眼睛的光點，讓美玲聯想到小說中夢裡的妖物，照片左右兩側都有形似人臉的影子跟奇怪的白影。不知是過曝還是照片太老質變，照片右下方像是著了火。

而那張銅馬的照片……銅馬的左邊有一抹白影，看起來像是日本神社的神官或巫女之類的袖子，但也可能是樹叢後的石燈，左邊的樹還藏了好幾張臉。

因為馬的銅像後方石燈是倒的，所以這是地震後拍的照片？美玲思考著。

唯一沒有怪東西的就只有「拿著球的一郎與初子跟朋友」的那張照片，那時戰爭應該還沒爆發，三〇年代？

盯著照片看的美玲突然有種想打嗝的欲望，喉嚨發著癢。

越想越覺得不舒服的她拍了拍自己的臉頰，硬是把打嗝的欲望壓下。她決定先把這四張照片拿去神明廳的香爐燒掉，畢竟這些照片看了就詭異，也沒有存在的意義。

美玲將志高的原稿丟進蛋捲盒放回暗櫃，確保暗櫃鎖好，接著就把老照片塞到褲裙的口袋，走出房間移動到三樓神明廳。進入神明廳後她關上門，並將背抵在門上，公媽燈溫潤的紅光讓她感到安心，她伸手按了開關打開日光燈，這才發現母親的遺照居然掉到地上了。美玲急忙將遺照重新掛好，照片中母親的笑容看起來還是那麼美麗。

看著遺照，美玲那些曾經遺忘的記憶片段又變得鮮活而明朗，在腦中自動播放。也許是因為今天接受催眠的關係，原本如同死水的回憶不斷地如潮汐般拍打著。

她想起了母親發生意外的第二天，父親再度詢問了她前一晚到底發生什麼事，並且依舊為著不見的阿嬤林初子著急。面對父親那異常執著的態度，美玲又抽抽搭搭，但這次她終於斷斷續續說出了話。她下意識地遵從本能避重就輕，並且為了排除壓力與恐懼，她潛意識已經開始在重置跟調整記憶了。

美玲說，神像裂成兩半後阿嬤忽然大叫跑了出去，然後媽媽追出門就被車撞了，弟弟在玩電動完全狀況外。

父親聽完美玲的說詞後也沒再多說什麼，還像是早有預感似地在同一天不知從哪裡請來現在這尊**無極神尊**，要美玲好好供奉。

八歲的美玲按照父親的指示，恍恍惚惚踩著小板凳將無極神尊放上神桌主位，前一晚整夜無眠讓她身體疲憊無比，同時那塞滿內心的情緒她也無從消化，現在有事做對她來說反而能減輕精神負擔。所以在擺好神尊後，她想說上個香並且整理一下神桌好了，這樣想著時她發覺她的腳踢到了東西，她低頭，腳尖碰到了仙祖，這時她終於才看清楚在地上裂成兩半的神像，跟昨夜因那一聲巨響，母親失手撒落的水果。美玲把水果一顆顆拾起，用印著龍鳳的大紅塑膠盤裝盛放到神桌上，但她卻不知怎麼處理地板上一分為二的仙祖，於是只好跑去問父親，她也沒有其他人可以問了。

父親正在房間裡，美玲推開門，看見父親手上正拿著他那本專門天天用來「算牌」的筆記本翻看著。

「爸爸，那個……仙祖怎麼辦？」

美玲遲疑了一會兒才怯怯地開口，因為當房門被推開時，正在翻閱筆記的父親臉上正掛著難以言喻的神情，像是在笑又像是在哭，五官彷若都有各自的意識扭動著，一雙瞪大的眼睛通紅，雖然翻著手中的筆記本，但瞳孔卻上吊根本沒有對焦在紙頁上。

「仙祖呀……對齁，我跟妳去看看。」

聽到女兒的聲音，天岳扭動的五官瞬間恢復，只是一雙眼眸仍然無神。

天岳跟著美玲到了神明廳，他這才首度看到了地上仙祖的慘狀，美玲發現到，就連在醫院一夜到剛剛為止都幾乎沒有明顯情緒起伏的父親，居然無法呼吸般喘著。他張著嘴努力吸氣，仙祖斷面的血已經凝結，而水泥地上也只有幾抹潑濺成放射狀的褐色乾涸痕跡。

「啊」地一聲，實在無法直視仙祖慘狀的天岳發出了大叫，美玲被嚇了一跳，他叫著跑出了神明廳，見狀，美玲也急忙追了出去。美玲怕，就算父親平時對她不如弟弟，但她也只剩下父親這個大人可以依靠，所以父親失控大叫後跑出神明廳，美玲毫無猶豫地就追了上去，因為她怕，她怕父親這一跑也突然就沒了。

但還好父親只是跑到了神明廳外，他抖著雙手正點著菸，由於雙手一直抖，那支菸花了不少工夫才好不容易點著。天岳用力吸了一口，並吐出了如雲霧的白煙遮去面龐。

「阿彌陀佛……媽，妳到底去哪裡了，這到底該怎麼辦？」天岳低語著。

美玲總覺得菸味很噁心又嗆鼻，她不懂父親為何那麼愛抽菸，吸這種這麼臭的東西到底有什麼好玩的？

菸味讓她喉嚨發癢咳了幾下，但她當然不敢抱怨。

「去把燒金桶拿來。」吸了幾口菸並冷靜下來後，天岳終於對呆愣在一旁的美玲下了命令，在煙霧之中那張臉看起來很歪斜，美玲甚至在一瞬間產生了父親的雙眼正發出紅色的光的幻覺，這使她縮了一下肩膀後便快速跑開。

燒金桶就擺在店外的角落，昨夜燒完的金紙灰還堆在裡面，雖然燒金桶並不大，但對於八歲的女孩來說搬起來還是略嫌吃力。見到美玲搖搖晃晃地搬著燒金桶，天岳也不幫忙，只是叼著菸看著。

美玲好不容易搬來了燒金桶並放下後，她小小的手沾滿灰燼，額也冒了汗，連臉頰也黑了一塊。

「去把仙祖拿出來放到金桶裡面。」父親用下巴朝神明廳指了指。

美玲當然也是照做了，她走進神明廳抱起仙祖的兩半，手感出乎意料地輕，也這才看到那等不到她修剪的濃密黑鬍鬚全都變成了白色。待她輕輕將仙祖放到了燒金桶後，父親已經拿了罐去漬油遞給美玲，要美玲將油淋到仙祖上直到他說好。

這期間天岳又點了一根菸，他整個人幾乎都籠罩在煙霧中。在確認美玲都處理好以上種種後，他繼續指示美玲將燒金桶搬回店外，等氣喘吁吁的美玲放好燒金桶後，跟在女兒身後的天岳將口中的菸彈到了燒金桶裡，瞬間火舌就吞噬了仙祖。

美玲從來沒看過燒金桶裡的火這麼旺，那麼地光明璀璨熱度逼人。

也差不多是從這段時間為起點，天岳的投資跟生意在幾年內就如火箭一飛衝天。

而美玲也更加誠心供奉無極神尊，熊家也只剩下她懂得如何祭祀，美玲私心認為熊家的運勢多少也是因為她功德加持。比起仙祖，神尊的庇佑是更為直觀而肉眼可見的。

原本看不習慣的神尊面像也越看越慈祥，越來越像是人類的五官。

掛好母親遺像並仔細調整了角度後，美玲走到神桌前，她看到香爐中插著五根香，兒子熊寶雖然才八歲，但跟阿公感情很好，阿公中風後每天都會到神明廳幫阿公祈福。

美玲看了眼左手腕的浪琴錶，現在兒子應該跟著外勞推著阿公在公園散步。雖然調皮了些，但那孩子的確是個天使，內心又溫柔又善良，就算阿公變成那樣只能坐輪椅的廢人，還是不斷問著阿公何時會好，真讓人心疼。可……這孩子真是的，拜那麼久了怎麼還是搞錯香的數量，多插了兩根，而且這香有三根只燒到一半，另外兩根卻已經燒完，三長兩短，真不吉利。

美玲將香爐中的香弄熄，並丟到桌邊的垃圾桶，接著從口袋拿出照片放到香爐，拿起點香用的點火槍點燃照片。火焰很快吞噬了照片，美玲看著火焰，哼著張清芳的〈簾後〉，不為人知的過往化成了灰燼與青煙。

待火焰熄滅，她點起香開始拜無極神尊，插上了香，美玲拿起了神桌上的筊，預計照平常那樣擲筊詢問神尊父親的狀況，心有所求，卻不抱期待。

但經過今天一堆事情，回想到過去的種種得來不易，以及現在像是群龍無首的公司態勢，她將念想從問句改成肯定句。

「神明保佑，阿彌陀佛，請神尊保佑我爸熊天岳能……」

沒想到擲出了聖筊，她難以置信，再度撿起了筊又擲了一次，還是聖筊。

美玲摀著嘴倒退一步。

她張大眼睛看著地上的聖筊。

畢竟從父親中風以來，無論她怎麼擲都是笑筊。

真的嗎？她不敢置信地以氣音說。

此時，神明廳的門猛然響起一陣急促的厚重敲門聲。

這讓還沉浸在喜悅神啟中的她有些惱怒，是誰居然敢來敲神明廳的門？

美玲怒目打開神明廳的金屬門，門外是丈夫建國，他難得一見地狼狽，頭髮亂了，額頭冒著汗，領帶都歪了，還皺著眉頭。

今天不是有國際倫扶社的年會，他怎麼會這時間回來？

「為什麼妳手機跟室話都打不通？」門外的建國問，幾乎是用吼的。

「那個……沒電了……故障……」
美玲被丈夫的態度嚇到不知所云，丈夫從不曾用這種態度對她。
「我打了幾百通給妳，又不想讓下人知道，爸出車禍了，醫院已經發病危通知。」
建國壓低聲音說。
「車禍……熊寶沒事吧?!」
美玲心臟漏了一拍，她首先問的是兒子的狀況。
「孩子沒事，好像是阿尼推輪椅時沒注意紅綠燈，爸被車撞了。」
聽到丈夫的話後，美玲卻只是站在原地深吸一口氣，同時眼淚從眼角流了下來。
「爸可能……我們趕快去醫院。」建國拉起美玲的手。
美玲發出一聲哀鳴，往後退了三步，整個人癱軟在地。
建國急忙走進神明廳蹲到妻子身邊，用手摸著妻子的肩膀，他感覺妻子渾身發著抖，而且是很強烈的抖，美玲這麼激烈的反應有些出乎他意料。果然無論平常父女如何不愉快，終究是血濃於水的一家人，建國就算對妻子沒有愛情，但還是有著同理之心。

「你再說一次，爸怎麼了。」趴在地上的美玲嚶嚶地說。

「爸出車禍可能有生命危險，我們得趕快去醫院。」

建國語畢，美玲發出更為淒厲的叫聲。

這是結婚以來丈夫第一次讓她得到高潮，而且這高潮也是有生以來前所未見地強大，讓她腿軟趴倒在地上無法動彈。

建國察覺到妻子似乎是失禁了，大量的液體從妻子雙腿間滲出染濕褲裙還流到地板，他沒想到妻子會受到那麼大的打擊，殊不知美玲是潮吹，今天美玲的護墊擋也擋不住她的喜悅。

自從熊天岳中風以來，美玲日日燒香擲筊時總是在問神尊：

「神明保佑，阿彌陀佛，請問神尊，我爸熊天岳今天會死嗎？」

但總是得到笑筊。

而今天美玲則是對著神尊說：

神明保佑，阿彌陀佛，請神尊保佑我爸熊天岳能快點去死！

沒想到神尊這麼快就應了她的願，真的太感恩神尊了。

這就是神明的恩賜，自己誠心拜拜那麼久，終於有了靈感。

深陷在高潮狂喜漩渦，滿臉淚水渾身抽搐的美玲伸出手拉了丈夫的衣角，以難得一見的嬌弱口吻說：

「拜託你再說一次，爸怎麼了？」

第三章

志高與無極神尊之囚

你猛然驚醒過來，剛剛的惡夢讓你即使張開了眼，感知還是陷入了迷茫的混亂中。

喉嚨深處殘留著酸味，你急忙撫摸著自己的胸膛，並沒有任何不正常，胸口都好好地……

只有心跳之快簡直像是要爆了，那種類似被強姦的厭惡感猶如宿便，卡在你體內，餘味很差。

眼前是一面白牆，純白的環境中瀰漫著酒精的味道，久違地，七分熟悉三分陌生的異樣感包圍著你，你一時難以判斷自己身在何處，還無法聚焦的視線頓時讓你陷入恐懼。

你又以為自己還在耶魯教會附設矯正機構的復健室裡了。

我又做夢了？你焦慮地自問。

不不……不該說是夢，是解離。

難道又解離了嗎？

不會吧？

原來你是有病識感的，你患有ＤＩＤ啊。

解離性身分疾患（Dissociative Identity Disorder）。

你覺得喉頭一緊難以呼吸，所以解開領口的扣子，你不斷反覆像之前練習過的那樣，開始低聲朗誦著自己的名字並調整著呼吸的頻率。

「我是熊志高我是熊志高我是熊志高我是熊志高我是熊志高……」

長期的訓練起了效果，你很快地冷靜了下來，也因而我們同樣**渙散的神識**開始凝聚。

「我是熊志高。」你肯定地說。

你經過長期的治療，雖然精神狀況依然時好時壞，但還是有一定程度的掌控能力。

肯定句是很重要的。你告訴自己。

同時你又防禦性地在心中開始架構了那**第二人稱的觀點**，以旁觀者的姿態去審視自我，去觀察，持續保持抽離才是安全之舉，將心與自我隔離出一道距離，拉出縫隙才能有所緩衝。

你以微高的姿態俯視著自身。

而語句再怎麼肯定，長期萎靡的自信心卻也改變不了你真實的自我認知。

「你不正常啊！」

你爸說過的話還是像緊箍咒一樣，將你靈魂的某個部分囚禁在當年被鞭打的神明廳當中，那年你十六歲，是二〇〇四還是二〇〇三年？

想不起來了，畢竟都是上輩子的事了。

你深信那一天是你解離、思覺失調，隨便，總之就是變成神經病的開始。雖然變成神經病前你就不正常。

這麼多年後，你自以為終於與自我和解打從心底認定錯的是你爸，迂腐的陳見是那代人可悲的集體症候群，是你爸手賤不懂尊重亂翻，你則成為最直接的受害者。

毫無檢討之心啊。

「你不正常啊！」

這句話總在午夜夢迴中像隻老鼠，躲在黑暗中啃蝕著你風雨飄搖四分五裂的三魂七魄。

你在內心尖叫著否認，卻不知道是否認你爸還是否認自我。

這麼多年了，結果你的內心依舊是那蜷縮在角落的十六歲少年，自怨自艾，毫無長進，真的是不成材。

你重新振作，確認了短期記憶，沒有問題的，清晰而真實，不是像病發時那樣彷彿蒙了層霧，甚至是直接地記憶喪失，在陌生的地方醒來，在陌生的臥房中怎麼也不知道枕邊人是誰……

真是不知羞恥，你害怕自己早晚會變成陳牧師口中的「三合一」，卻又同時渴望最終自身能成為那樣子。不被世俗肯定，那不如自我毀滅，多爽，不只要自我毀滅，墊背能拉多少算多少，有夠缺德。

只因你求而不可得的妄想。

原來再湊齊一樣你就是三合一了。

但你咬牙死守著最後底線。

你有懂得記取教訓嗎？一時放縱終究只會換來永久悔恨。

看來是沒有。

你繼續凝神，聚焦當下，現在，此時此刻，你人是在醫院，因為你才中風不久的可憐父親禍不單行又出了車禍，已經發病危通知了，通知你的是入贅你家的姊夫建國。

「爸出車禍了，老地方，在十樓的第三手術室。」

這是他傳給你的訊息。

現在那個家裡會聯絡你的人，也只有他這個跟你完全沒有血緣關係的人。

剛剛打瞌睡的夢還清清楚楚印在你腦海，你甩了甩頭，想擺脫那夢境，就像你一直以來都想擺脫這一切，卻總是把自己逼到死路。

你夢到了爸爸，是否太久太刻意不去想他（粉紅大象是什麼？），在你的眼中父親的面目居然是這樣地猙獰，如此地扭曲，被車輾過的身體歪七扭八，一跛一拐邊爬邊滑地靠近你，那根本是名為「爸爸」，以血緣基因為枷鎖箝制著你的地獄羅剎。

你想逃，卻發現雙手就像十六歲的那天一樣被塑膠束帶綁死在背後。忘了在哪看過，說是要制約一個人的行動，日常隨處可見的束帶比繩子或手銬更有用，體驗過的你十分認同，而你的雙腳則被柏油般的黑稠泥濘黏住。

羅剎帶著血氣腥味到了你面前，伸出雞爪似的手以指尖劃開你的胸膛，並且將頭探了進去開始掃視你的內側。被劃開的胸膛並沒有疼痛的感覺，但當「羅剎」的頭鑽進去時，你可以感覺到肉跟骨頭被撐開，然後內臟被撥搔並攪動著。

因此，你喉頭發酸，感覺自己要吐了，就算在夢中也永遠身不由己嗎？

就在你警覺這是夢時，你便醒了過來，而且你居然微勃了。

渾身發顫的悖德感，使得你無以復加地又陷入自我厭惡之中。

連你自己都對那些內心小劇場感到煩躁噁心。

你起身伸展了一下身體，微微充血的陽具已然軟癱。

手術還在進行著，姊姊跟姊夫坐在離你有點距離的地方，而外甥熊寶早早已由管家帶回去了。

你姊正看著你，那個視線中包含的訊息你瞬間就理解。

縱然你們姊弟已多年不曾有過可以稱之為交談的對話。

「這種狀況你還睡得著？」

你彷彿聽到你姊美玲這麼說。

看了一眼手錶，已經凌晨三點了，你爸進開刀房也十多個小時了。

車禍發生時你外甥也在現場，當時外甥跟著負責照顧的看護，一起推著癱在輪椅上的你爸去公園散步。

你現在還不確定是意外，還是看護故意把你爸推去給車撞，目前看護應該還在警局。但你私自認為依照你爸的個性，就算他中風殘廢了，折磨人的功力也不會減損，所以真的是看護推的也不意外，而你居然有那麼一點點羨慕那個看護！

無臭無潲，你真的是狼心狗肺。

你覺得你會做剛剛那場惡夢，一定是因為外甥那番話的關係。有的時候，童言童語倒是真的更嚇人。

下午你匆匆趕到醫院時，許久不見的外甥看到你立刻就靠了過來。你們最後一次見面，應該是你爸中風住院那時，那也不過是上上個月的事。

「舅舅！」熊寶用臭奶呆的聲音叫你，並且對著你笑，手上還拿著一支最新型的手機。

你到達醫院時，第一個遇見的就是可愛又孝順的熊寶，他看起來對於你這個神祕存在、幾乎碰不到面的舅舅深感興趣。

「阿公還好嗎？」你急忙問，對於外甥目睹了車禍居然還能露出這樣的笑容，你略感不適，你預設會看到一張哭喪臉。

「阿公不好，但**阿公二號**很好，我差一點點成功了，阿公只好了一半。」

「阿公二號是什麼？」

「阿公二號啊……」突然，熊寶壓低聲音，露出那種要分享祕密的表情。

「舅舅你不能跟別人說喔，我剛剛跟媽咪說阿公二號的事，她很生氣說不准亂開玩笑。」

你被外甥的話吸引，蹲下了身，讓視線跟八歲的外甥在同一個水平上，並不自覺地點了點頭。你啊，都幾歲的人，居然簡單地被小孩子牽著鼻子走。

「阿公二號是什麼？」你再次開口問。

「阿公二號啊就是從原本的阿公——那個阿公一號裡被擠出來的喔。」

「擠出來？」

「對啊，阿公被壓在車子的輪子底下時，流了好多血，然後噗嚕，阿公二號就從阿公的頭被擠出來了，灰灰的，半透明，只是肚子破掉了。雖然跟阿公一樣不會說話，但會飛還會爬喔，比原本的阿公還厲害，而且跟原本的阿公長得一樣，所以我叫他阿公二號。」外甥說。

你陷入困惑，依照熊寶的話，似乎意思是他目睹了意外的同時，還看到了你爸變成鬼的過程，是某種玩笑嗎？

被壓在車輪下聽起來很不妙。你想著。

你本來就由於嫉妒，打從內心不喜歡這跟天使一樣純真的孩子，現在他的行為更讓你反感。

「阿公被車子撞的時候我還有拍視頻喔。」

外甥說著將手機湊到你面前。

「視頻」這兩個字聽起來極為刺耳，上次見面時外甥有說在玩某個短影音平臺。你還來不及感嘆認知作戰對孩子的潛移默化，反而先感到害怕，害怕的是外甥想要展現給你看的「視頻」。

雖然你癡迷於怪奇恐怖的鬼靈軼事，還在寫一些胡言亂語的小說跟畫一大堆莫名其妙的漫畫放在網路丟人現眼，那個叫waterkuma0116的帳號，建國一直有在追蹤觀察你的狀態。雖然你愛寫怪力亂神的東西，但你卻從來不相信所謂的「鬼」，傳統意義上的鬼，可是你相信世上的確是存在著高於人智的事物。你認為鬼不過是人類對於無法理解的現象之總稱，鬼是去脈絡化的扁平迷信之下的結論，不是種種未知現象的本質。你不認同傳統意義上的鬼，你也知道這不是什麼嶄新的思想，卻又無法停止認為自己的想法是特別的，觀點有著獨到之處。哈哈哈，都三十多歲了卻從未社會化所產生的庸俗而幼稚的傲慢，就是這樣。

外甥將手機螢幕貼到你面前，你看似面不改色，內心卻波瀾萬丈。你內心浪濤般地無限擴大漩渦狀矛盾的糾結，在於以下幾點：

一、你怕血，自從被確認到符合陳牧師口中的「三合一」中的第三個條件後，你對血起了莫名的恐懼，連看電影時碰到血腥場景都會緊緊閉上眼睛，但你卻又喜聞樂見想看看老子被撞時是什麼悽慘樣子。

二、你怕真的看到鬼，你走訪了不少靈異景點，而且都是不怕死挑深夜隻身前往，這也是一種毀滅性人格的展現？你的行為比起想證實怪異之事的真偽更像是自我證明，但也的確沒有遇過任何怪事。你想著自身可能是什麼麻瓜中的麻瓜，為了調查家裡祭祀的由來不明的神尊，也曾按著在艋舺一帶蒐集到的傳說，跑到錦寧國宅頂樓進行儀式，當然是無功而返。若熊寶拍的影片真的拍到了他阿公的中陰身，那你的某些信念將會崩盤。

三、不可否認，自從上次接到你爸中風到這次出車禍的通知，並看到他的那個樣子，你內心那股濃沉的鬱悶似乎找到了出口，你不來醫院其實也沒人在乎，而且來了也就是被白眼。由於你爸是個那麼成功的知名企業家，這種大事早晚記者都會聚集到醫院，你的身分被發現，不論對熊家或你自己無疑都會帶來麻煩，畢竟你名義上正在歐洲某銀行當投資顧問，網路上也下了不少功夫，幾乎找不到熊家長子的照片跟資料。

但你就是怎麼都想親眼看看，親眼看著你爸嚥下最後一口氣，你雖然早早告訴自己不恨了，畢竟時至今日一事無成的你依然衣食無缺，甚至日子過得可說是快活自在，但你不是因為真的不恨，而是因為諮商師說愛的反面不是恨，而是冷漠。可你內心卻百感交集……無論如何你都想親眼看著他死，是否代表你有多恨他，而恨跟愛的能量交換真的是一比一嗎？

就在熊寶點開他手機上的影片播放鍵，你屏住呼吸，目不轉睛看著手機畫面時……

螢幕上卻只有一片漆黑，還摻雜了跳動的雜訊。

「不知道為什麼大頭明明有拍，但手機好像又故障了，看不見拍到什麼。」

熊寶嘟著嘴說，彷彿遺憾的不是他的阿公出車禍，而是沒拍到阿公出車禍的視頻。

你疑惑著大頭是誰？

而對於那只有漆黑一片的螢幕，就在感嘆可惜的瞬間，你卻不自覺也鬆了一口氣。

你期待看到什麼？你害怕看到什麼？

熊志高啊！真不知道怎麼說你。

但此時熊寶再度開口：「雖然沒拍到，但阿公二號真的存在喔，**現在就趴在舅舅背後看著你——**」

——呃。

熊寶突然打了一個嗝，像是青蛙的叫聲。

熊寶看著你的眼眸透澈而明亮，配上稚嫩的聲音加上說出的話，更讓你頭皮一陣發麻。

「阿公二號在笑喔。」熊寶繼續說並且展現燦爛的笑容。

呃呃呃呃。語畢他又連續打了嗝。

真是沒有家教，打嗝也不用手遮一下。你想著。

就像是在回應你的想法，熊寶跟被青蛙附身一樣。

呃呃呃呃呃呃呃。

這孩子真的有遺傳到他媽，小小年紀性格就這麼惡劣，居然對著大人開這種夾雜惡意的玩笑。你在心底惡毒地罵著。

只要回頭看就……

你感覺到背後似乎真的有一股沉重的涼意，耳朵癢癢的，你越是想扭頭，你的脖子肌肉就越發緊繃。

一滴冷汗從你額頭滴下。

突然——

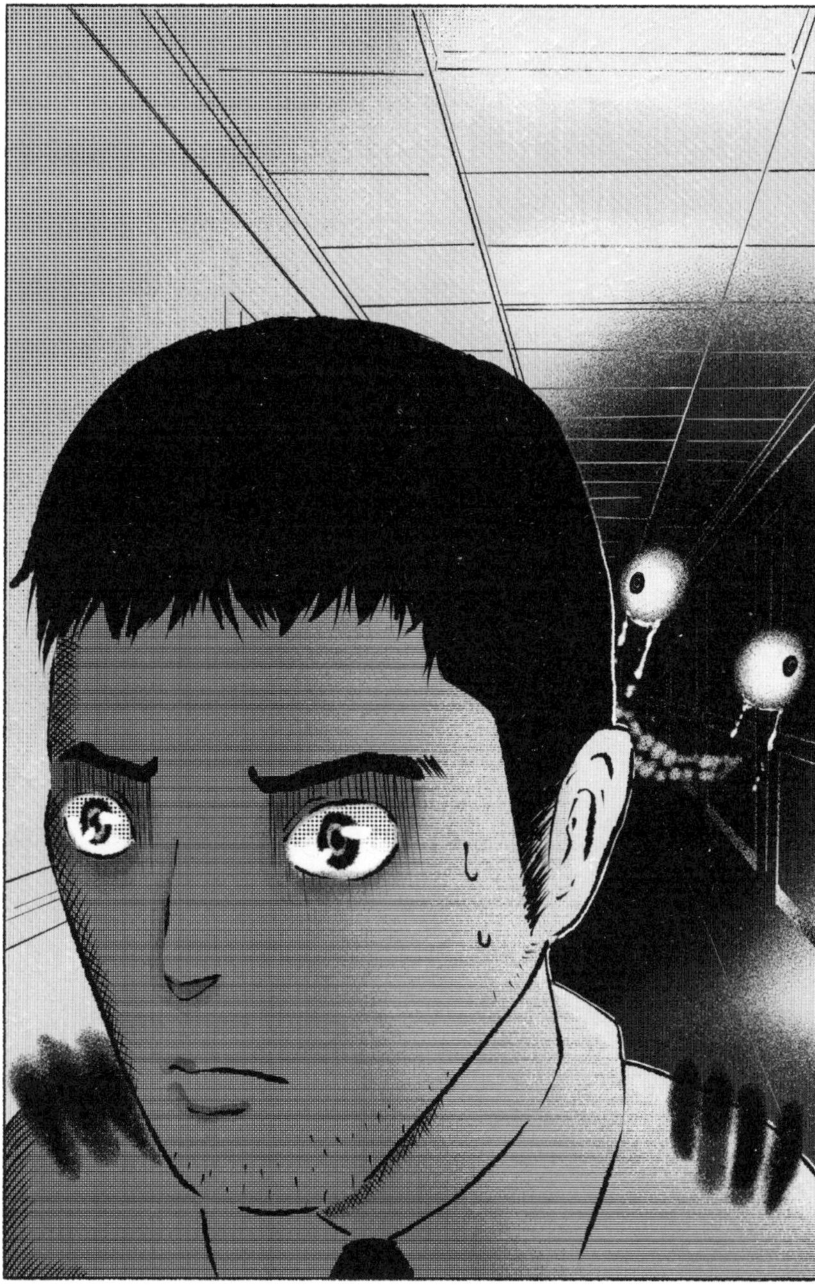

一聲尖銳的叫聲打壞了氣氛。

「熊寶，你在幹什麼？」

你姊美玲走了過來，用些許強勢的力度拉起熊寶，看也沒看你一眼便轉身帶著孩子走開。

你站起身，猶豫了一下還是決定不回頭，往前走去。

你保持著十步的距離跟在你姊身後，手術房前除了你姊一家外，還來了律師跟幾個公司高層。

姊夫看到你，向你點頭示意，你也點頭回應。

你又忍不住好奇，姊夫建國是否還記得在你十六歲時從背後壓制住你，將你雙手綁住的那一晚？

你看著美玲跟建國還有熊寶三個人，雖然場合跟時機都不太恰當，還是忍不住羨慕著，他們三人構成了多麼幸福美滿的標準家庭的樣子（熊寶還在打嗝，他媽拍了拍他的背）。對你而言，你姊擁有的是那麼多，優秀且外型出色的丈夫，可愛的孩子，一家人簡直就像陽光般耀眼，而你卻只能過著不見天日蚯蚓般的日子……

偶爾在電視聞上，看到他們夫妻跟你爸一起出席開幕或動土儀式的新聞，賢伉儷對著鏡頭露出得體卻發自內心的美好笑容，你內心就一陣唏噓。

你能組建出一個美滿且令人稱羨的家庭延綿子嗣，那曾是你我的夢，也是阿嬤從小就千交萬代給你的託付，現在卻成了你到死都不可得的事物，那些殘缺的遺憾是做什麼都無法彌補的，你真的要好好檢討你自己。

也許有人在他們的生命歷程中遇到這些無以恢復的缺失，會選擇與之共存，或者擁抱之，也可能將就著找個替代品。

但你偏偏不是那樣的人，死腦筋又神經病，你選擇的是在體內餵養那份缺憾，讓仇恨滋長，你妥協的是只求親眼看著你老子斷氣。你相信那樣的話至少內心的某個結也許可以解開。

所以除了你爸，你也恨你姊，她擁有一切你想要的，童話般的愛情與婚姻，以及可愛的孩子……你把你的親人都恨了一遍。

你恨！

你他媽的真的有夠可悲。

你這麼恨你姊，除了她能擁有世俗定義的美滿家庭外，最根源的還是你被囚禁在神明廳時她對你說的那句話，你感受到了話中充滿了難以理解的敵意跟歧視。簡簡單單幾個字，就讓你整個人由裡而外，像是從高處墜落的馬克杯碎了一地。

你始終搞不懂美玲為何會說出這樣的話，這樣對你的苦難視而不見。你以為姊姊是家裡唯一可能不會去批判你的人，你們從小一起長大，由於母親早死，姊代母職，你覺得姊姊對你的疼愛不輸給你爸。

但……最可惡的還是美玲那句話居然成了預言，你還將自己該負的責任大半部分都算到她頭上。

十六歲那個夜晚是你我人生的分岔點，那不如就陪你從你的角度，再重溫那段回憶吧。

彼時，你讀健中一年級，課業上對你來說還算輕鬆，畢竟有家教也有上補習班，當然你從你爸那邊遺傳到的聰穎天資是最關鍵的因素。

你告訴你爸你想直接轉去國外讀書，讀健中格局不夠大，聽到你自負又有理有據且表現出強烈野心的發言，你爸很是高興，立刻開始著手安排你上高二就出國到瑞士一間私校去留學的事。會選擇這間私校，主要是因為大多官員跟有名望的家族，都將這間私校當作第一選擇，如果能提早與那些官二代小公子建立起人脈關係，百利無一害。

你知道你爸對你的期許，你也自認你可以控制好一切，你幼稚的心以及從小備受的呵護，讓你有種事事都會順你心的錯覺，殊不知你只是朵溫室內未經世事的花。

看來比起歐洲，你更想去美國，但無妨，你想出國從來跟學業無關，因為你是個不知感恩的王八蛋。

終究你還是沒能出國，你所有的一切就因為那本藏在床底的雜誌而變質了，那也是你原本打算永遠深埋在內心的祕密。

那天下課時建國親自去接你，而不是家裡專職的司機，其實從這邊開始你就已經覺得跟平常不太一樣，但你並沒有多想，反而是因為可以跟建國多一些獨處時間而暗自竊喜。

建國從你上國中開始就是你爸的貼身祕書，由於你爸事業繁忙，家裡請的幫傭也能力有限，所以有許多大大小小的事都是他在照料張羅。比起你爸，你對他產生了更多的依賴，還有不正常的感情。

因為是海陸退役，在你的眼中建國身型強壯挺拔，就算穿著西裝也藏不住發達的肌肉，臉龐的線條剛硬，膚色黝黑，就是那自然發散而出的高濃度男性賀爾蒙讓你著迷是嗎？

你打手槍時總是想著他，想像他像那些網路文章那樣蠻橫地對待你，把你綁起來，極盡羞辱之能事，你對他的意淫之下流，簡直不堪入目。

虧他平時對你總是謙謙有禮，自然之中流露出的更多是分寸的拿捏。就算你只是個孩子，對你也總是用「您」來稱呼。

你卻在幻想中把他當作欲望的出口。

樓房在車窗外流逝，你想說點什麼，但此時的你不知道為何當下建國散發出一種難以親近的氣息。你上車後他始終保持沉默，平常他總是會主動跟你講話，雖然都是些無關痛癢的閒聊，卻足以讓你單方面感到曖昧的幸福。當然你也很清楚這是不正常的，從小到大，多少大人多少的教育都告訴過你，同性戀不正常。

你也試過看A片，但你的焦點居然始終都在男優身上。

也許只是一時的吧？這種不正常的狀況、變態的欲望，你想著之後交個女朋友或結婚就會好了，你也還記得阿嬤的交代，她也一樣叮囑了你一定要娶個姓潘的女孩子當老婆。

我不是同性戀，只是因為青春期一時的好奇罷了。不必擔心。你總是逃避現實地這樣自我催眠。

坐在後座望著窗外車流，你的思緒隨意飛翔。

此時當下你心中還有一件更期待的事，你最近寫出了人生的第一篇短篇小說，主要內容以小時候阿嬤跟你講的故事為藍本，帶了點奇幻風格。這篇作品也是你獻給姊姊美玲跟阿嬤的，你認為你姊雖然姓熊不姓潘，但終究是長女，或許藏在血脈的呼喚是本能性的，而這篇小說可以說是阿嬤冥冥之中要你寫下的，阿嬤也許就是怕我們忘了本。

是嗎？

原來是這樣子啊。

你始終記得阿嬤很疼你，對她的印象甚至高過你的母親，遺憾的是，在你小學時阿嬤就因為阿茲海默症跑出家門失蹤了。

雖然時隔久遠，但關於阿嬤的記憶你還是如數家珍，你記得她會在你生日時帶你去吃牛排，還有阿嬤也跟你說了那些「派他郎」的故事。雖然你爸總是告訴你熊家有祖先是來自荷蘭的貴族，但你的認同居然更傾向自己是「派他郎」的後代，是千百年來一直真正都在這塊土地上生活的原住民之後，而非那些來來去去的外國殖民者。

不久前，你偶然到圖書館借書時隨手翻了一本地方誌，讀到在十六世紀就有記載現今的花東地區真的有一支被稱為「帕塔朗」的平埔族，僅僅寥寥幾筆，但讀到這資料時你欣喜若狂，這證明了阿嬤跟你說的都是真的。

後來你又上網查，但卻查不到相關資料，也許真的太冷門了，於是你到奇摩知識加發問，想看看有沒有人知道「帕塔朗」這支平埔族的相關資料？

原本不抱任何期待，卻沒想到得到了回應，對方自稱是華仁大學的教授，說他正在研究花東的平埔族歷史，的確在花東有一支被稱為Pentalan的平埔族，但就像大部分的平埔族，相關的史料極少。那支平埔族跟其他平埔各族一樣，都是母系社會，跟白浪*大不相同，是由男性入贅，女性頭人主持整個家族事務，宗教上崇拜的是被稱為「吉瑪」的女神。可惜Pentalan人漢化極早，幾乎所有的文化跟傳說都沒有留下來，唯一比較有可考據的就是由於Pentalan人居住地為現今七星潭一帶，所以Pentalan後人大多被統治者賜漢姓「潘」，取其是「住在海邊的熟番」之意。

看到那則奇摩知識加的回覆，你才終於知道為什麼阿嬤從小一直希望你娶一個姓潘的新娘，並且要求如果生了女兒或是次子希望能從母姓。你爸不肯做的事，她盼望由你來做到，雖然很諷刺又很可悲，但「潘」這個漢姓居然成為了Pentalan人存在這世界上過的少數依據。那一夜，也許是日有所思夜有所夢，你夢到了阿嬤，已經失蹤這麼久的阿嬤雖然沒人說出口，但活著的機率實在不高，所以你很高興再見到她。在夢中，阿嬤帶著你到現在住的家的書房，從那放著老照片的紙箱裡翻出了四張照片，說著那些照片背後的故事，也像小時候那樣跟你說起了「派他郎」的傳說及過往。

就在阿嬤說故事的時候，一隻雲豹跟在她身邊，應該就是阿嬤在大地震前遇到的那隻。

夢醒後，夢中的一切無比真實，在微亮的晨光中你順著夢境走到書房，你

＊ 部分原住民族對平地人的通稱。

打開燈，沒想到真的在紙箱中翻到那四張照片。看著照片，「碰」地一聲，你腦中靈感爆發，也就在這一刻，你決定將阿嬤說的故事寫成小說，Pentalan並沒有消失，你打算用筆記錄下他們的傳說，並且讓更多人看到，也希望藉由這篇小說去表明自己相對於所謂的白浪，認同上是更接近Pentalan的。

你花了一個禮拜，終於將那不斷翻騰於腦中的種種畫面跟想法，還有情感及想像化成文字。

就在昨天，你將完成的小說原稿交給了美玲，她從以前就愛看書，現在還是她們學校文學社的社長。你好奇美玲讀完你的作品後會給你什麼樣的評價，面對你的處女作，她會如平常那樣像是在課業上溫柔地為你梳理講解分析，還是以她的文學品味提出嚴厲的批評呢？

你非常期待，比起美玲的評語，你更在意的是她是否能感受到你行文中包含的情感與期盼，以及阿嬤那希望家人不要忘本的念想。你的記憶中，幼時的美玲總是跟著阿嬤學習祭拜或是家裡的一些雜事，阿嬤總是親切地教導著美玲，雖然沒有談過，想必美玲也很懷念阿嬤吧？

而最終，你還是辜負了阿嬤對你的期望，身為長男，你怎麼可以這樣讓全家人都對你失望呢？

建國終於把你載到了家，管家沒有出現，也沒有平時的晚餐香味，踏進家門時你居然也敏銳地察覺到違和感。

那天中午，家裡所有的傭人都從他們的老爺那邊得到了兩天的帶薪休假，托你的福。

「董事長正在客廳等你。」建國跟在身後說。

應該是要談關於留學的事吧，你雀躍了起來。

但到了客廳，坐在主位沙發上的你爸表情卻讓你有種不祥的預感，你看過那種表情，下人做錯事時他就是這種表情。你是真的敏銳。

還不等你反應，你爸便朝你砸了某樣東西，你閃過飛越而來的物體，當它掉到地上，你定睛一看，寒意立刻從腳底往頭上竄去，羞恥感頓時如洪水猛獸襲來。

地上是你在網路上偷買的男同志雜誌，封面就是赤裸裸的兩個男人舌吻，而且雜誌專題還是在討論男男拳交。

你把它藏在床底，你不覺得有人會發現，傭人要打掃你的房間得經過你允許，能自由進出你房間的只有家人，所以這一定是你爸跑到你房間然後從床底下挖出來的，為何你爸沒事會要去翻你房間？難道在哪個不經意的細節出現瑕疵被看破了？

你動動腦啊，你爸沒事會去你房間嗎？

原本你直覺性地想先發難，對於你爸擅自翻你房間提出抗議。

但同時你的視線捕捉到雜誌旁建國的腳尖，建國往後退幾步，彷彿那是什麼骯髒的東西而不是一本單純的印刷品。

你感到臉上發燙，腦筋一片空白，你不知該如何面對當下的情境，你懷疑你在做惡夢。

「你是同性戀嗎？」

你爸說，他強忍著淌血的內心，還是將那骯髒的三個字吐出口。

你卻只是僵在原地，緊閉嘴唇死死盯著那本雜誌，思考著到底該怎麼回答你才能從當下的情況脫身。

你想著先否認好了，不知道怎麼會有這本雜誌，否認畢竟是人的本性，而人最愛否定的就是「否認是人的本性」。

但你還來不及開口，你爸就起身走過來給你狠狠一巴掌，力道之大讓你直接翻倒在地，肩上的書包飛了出去，書包蓋沒扣好，裡面的書都飛了出來。

然後你爸又用腳踹了你兩下，這時強烈的疼痛才想起來似地蔓延全身，你到現在還記得口中那股血的鐵腥味。

你從沒被你爸打過，也從來不曾想過你會被你爸打，你爸跟阿嬤一樣，總說你是長子又是長孫，是熊家的寶貝。

「你是同性戀嗎？」你爸用腳踩住你的頭，耐著心再次詢問。

淚水模糊了你的視線，你急忙說你不是。

「那這髒東西怎麼會在你床下？」

你爸移開了腳，撿起雜誌壓到你臉上。

「我……我……我……」

你想說我不知道，卻說不出口。

「動手！」你爸喊了一聲，建國立即以迅雷不及掩耳的身手，將你的雙手拉到背後交疊並用塑膠束帶固定。

「小志，抱歉。」你似乎聽到建國這樣輕聲說。

你的性幻想以最可悲的方式成真了。

建國按照命令將你壓到三樓神明廳，並且用神明廳角落地上連結著三十公分不到的鐵鍊之腳鐐，把你的雙腳也囚住。你疑惑著神明廳內怎麼會有腳鐐，是本來就有的嗎？還是今天為你而裝的？

當然，到現在你還是不知道腳鐐是什麼時候裝的，拜拜都是美玲在負責，你很少去神明廳。你只知道供奉的本尊有改過，家裡現在拜的是叫「無極神尊」的神，而你阿嬤還在的時候拜的是「仙祖」。

原來在你眼中，無極神尊外型看起來就像一顆卵狀的玉石啊，質地光滑，大小應該跟鴕鳥蛋差不多。神明廳還掛著你媽的遺照。你也不知道為什麼只有你媽的遺照要掛在神明廳裡。

金屬腳鐐的冰冷蔓延你的腳踝。

你爸瞪視著雙手雙腳都被制約的你，眼中反射著公媽燈的紅光。

「你可以走了，把門帶上。」

建國點了點頭，拉開木門並反手上鎖後就無聲離去。

神明廳的門關閉的聲響，出人意料地大聲。

你看著關閉的門，內心充滿恐懼，現在神明廳只剩下你爸與你，公媽燈的紅光過曝了一切。

確認門關上後，你爸解下了腰間的皮帶，開始鞭打你。

接下來的十分鐘，你還是搞不懂為何自己會遭遇這樣的痛苦，無限循環不斷哭喊：對不起、爸爸、對不起、爸爸。

臉跟身上好幾處都皮開肉綻滲出血來。

無論你怎麼哭喊求饒，眼前這個帶給你懲罰的人已然不再是你曾熟知的父親，他揮動著手中的皮帶拚命鞭打著你，一下又一下，由於手被綁在背後，腳也被控制，你只能拚命捲曲身體。紅光下他的臉歪斜扭曲帶著非人的瘋狂氣息，尤其是那紅色的雙眼，眼底的那是恨鐵不成鋼的怒火。

他一邊鞭打一邊罵著三字經、丟人現眼、垃圾等詞。

還有一些你聽不懂的，像是什麼咒語：死坩仔仙、臭羶貓、抐屎孔、袂見袂笑……

直到他氣喘吁吁滿頭大汗停下手時，你也幾乎要失去意識昏倒了。

你在想也許你要死了，同時也覺得不如這樣死了算了，性向這種丟人的事東窗事發了，你不知道自己會被關多久，也不知道是不是每天都要這樣被打。

龐大的絕望讓你的意志開始崩毀，觸目所及只有徬徨。

真的有必要這麼恨嗎？你內心浮現著疑惑。

事實上你根本什麼都沒做，你認為你只是買了一本雜誌……

你在自我辯駁，但你應該知道吧？你如果是同性戀……家族的面子，還有投到你身上那些有形無形的資源，規劃好的所有藍圖，都將因為你捅屁眼而被捅破。

受損最大的是你爸的自尊啊，熊家唯一的獨子居然是同性戀，他比你更不能接受，想到你之後可能穿女裝，擦口紅就覺得作嘔，這種基因突變根本是一種羞辱。

一定是你媽那邊的血統有問題。

躺在地上的你，全身被疼痛侵蝕而腦袋進入一種麻木游離的狀況時，你爸丟下皮帶繞過神明桌，用雙手將無極神尊捧了下來並向你走來，然後蹲下身把無極神尊往你臉上的傷口貼去抹了好幾下。你爸的詭異舉動，跟突如其來如爬蟲爬過臉的冰冷，讓你更加不知所措。

他站了起來，手中捧著沾了血的神尊，俯視瞪著你，脹紅的臉在公媽燈的照耀下紅得充滿戲劇張力，但瞳孔中卻反射著手中無極神尊的綠光。

不得不說，這張臉的確令人發寒。

「神尊有發光嗎？」你爸問。

頭腦昏沉的你無法理解他的話，為何要拿一顆石頭沾上你的血問你有沒有發光，你懷疑自己是不是已經昏厥了，這其實是個夢？

你真的是什麼都要用做夢來逃避。

「神尊有沒有發光？」

「沒有……」

「嘖！」

「跟著我說。」你爸再度蹲下將神尊湊到你面前，你的視線中神尊的輪廓有些模糊。

「我要變正常，我不要當同性戀。」

他說出了要你複述的話。

你卻決定再次撒謊。

「爸、爸、爸，我不是同性戀，那本書是別人的，我只是好奇……」

「那電腦上的搜尋紀錄也是別人來我們家上網嗎？」

你爸冷笑。你語塞。你以為搜尋紀錄都刪除了。

「你不正常啊！」

你爸寒著心對你說。

那眼神之冷漠，直接將你最後的尊嚴當作垃圾踐踏。

「跟著我說。」你爸重複。「我要變正常，我不要當同性戀。」

「我……我要變正常，我不要當……同……同性戀了。」你結結巴巴地跟著複述。

這麼一句話，說出口對你來說居然這麼艱難嗎？

你爸將神尊放回神壇，並且再度拿起皮帶。

「有看到什麼或聽到什麼嗎？」

就在你爸這麼問的時候，你的確出現了幻覺。

在一片黑暗中，你眼中出現了你爸的面容，他看起來年輕許多且一臉驚恐，在你還沒反應過來時，幻覺中的你爸拿著不知是什麼硬物的東西朝你的頭砸去，連續兩下。第一下時你眼冒金星，強烈的衝擊讓你反應不過來，第二下時才終於感到疼痛，你用手摸了摸頭，手上沾滿了血。強烈的昏眩使你分不出東南西北，接著你向後退幾步便撞到了一堵矮牆，整個人摔進了一片黑暗，高速墜落帶來了本能上的畏懼，然後啪地撞擊到水泥地面，骨頭碎裂的聲音及內臟移位翻攪的疼痛這麼真實，墜地的聲音還迴盪在耳畔，最後便是整片無聲而黏稠的黑暗將你吞噬，你想那就是死亡。

你分不清虛實，發出了淒厲的慘叫。

「你為什麼要砸我的頭！」你對你爸哭喊。「你為什麼要害我摔死？」

「你害死我了！」你吼著。

你爸睜大眼睛看著你，臉上乖戾的氣息退去，取而代之的是訝異及慌亂。

「阿……狗……？」

你爸說出了一個你當然不明所以的詞。

咚！

不知從哪裡傳來了類似重物墜地的聲響。

　啊啊啊……

你爸沒來由地發出誇張的尖叫，丟下了手中的皮帶就往門口衝，他因為太慌張，門上的喇叭鎖還轉了好幾下才終於把門打開。他推開門跑了出去，然後，重重關上了門。

你不知道你爸遇到了什麼狀況。

看著緊閉的門，你終於一陣虛脫陷入昏迷。

然後，你夢到了跟美玲還有爸爸在餐桌上正準備用晚餐，還有說有笑，真是歡樂的餐桌。

時間不知過去了多久，飢餓、口渴以及疼痛讓你無比難受，醒過來的你拚命大喊，喊到聲音都嘶啞，手腳失去知覺，卻只能像蟲一樣在地上蠕動。

「真是可怕的惡夢啊。」

在歡樂的餐桌上你對美玲說，她一如既往地溫柔，摸摸你的頭安慰著。

喀啦。

不知過了多久，神明廳的門終於再度被打開，流淌的氣流攪動了空間中的渾沌。

進來的是美玲，你彷彿看到了蜘蛛之絲。

她拿著一個學校營養午餐的不鏽鋼餐盤，那上面裝著的是一坨不知道是什麼的菜泥。

你姊蹲下來將餐盤放到了地上，往你慢慢推去。

「姊，救我，爸爸真的誤會了！」你忍受著骨頭要散架的疼痛，拚命地向美玲靠近，鐵鍊在地上發出金屬碰撞的鋃鐺聲。

「姊，快救我，好痛。」

你嘶吼時噴了幾滴口水到美玲的手臂上，她整個人跳了起來，神經質地抹擦被你噴到口水的地方。

「同性戀好噁心，你不要害我得愛滋病好不好！」

美玲大叫著後退，還踢翻了餐盤，接著就離開了神明廳。

她說的話就像是壓垮駱駝的最後一根稻草。

你再度跟餐桌上的美玲說你做了惡夢，夢到被她跟爸爸討厭，夢中的爸爸跟姊姊對你笑了笑，說：怎麼可能啦？你可是熊家的寶。

對啊，爸爸跟姊姊怎麼可能這樣對我。

餐桌上充滿歡聲笑語，侍者也端上了前菜。

你在譫妄的幻象影響之下微笑著，被飢餓驅使像隻狗開始舔著地板的菜泥，味道有點苦，但你管不了那麼多。

一片狼藉之中，你不自覺地開始向無極神尊祈禱。

雖然你本身其實不怎麼相信神的存在，但陷入了自身跟他人無法改變的無助現況時，向更高的存在發出求救的訊號，就像是某種深刻在人類遺傳記憶的慣性。

「無極神尊啊，弟子熊志高，阿彌陀佛，神明保佑，求祢讓我能離開這裡，拜託祢救救我。」

你按著記憶中跟美玲拜拜時教你的話，在心中不斷默念。

公媽燈的紅光閃了一下，你的視線逐漸矇矓，你又再度回到了與爸爸跟姊姊歡聲笑語的餐桌，你拿起刀叉準備吃前菜，瓷盤中是一小塊肉渣，大小跟葡萄差不多，而且肉渣還在動著。你疑惑地低下頭凝視肉渣，當你意識到那不是肉渣而是個快成型的胚胎時，不知從哪裡傳來貓的叫聲。

仔細一聽，那不是貓叫，而是嬰兒的哭聲，是從盤中的胚胎發出的。

「哥……哥……」胚胎明明看起來沒嘴巴卻能發出聲音。

「哥哥……」

菜泥中的安眠藥藥性開始發作，你睡著了。

「哥哥！」

胚胎叫也叫不醒你。

你再次緩緩醒過來時，眼底還留著神明廳紅光的殘影。

張開眼時腦袋有些發脹，全身疼痛，腦子就像是一坨豆腐碎。

建國坐在床邊的椅子上，正等著你醒來。

一看到建國，你瞬間感到安心，剛剛果然是做惡夢，你以為建國是來接你上學的。

建國的視線與你對上時，瞬間閃開了你的雙眼。

這時你的意識才從混沌的泥沼中逐漸爬出，你注意到這不是你房間，建國後面站著一個穿著黃色衣服的男人，男人看起來約五十歲，一頭白色長髮紮成馬尾，身上的黃色衣服款式類似袍子。男人對著你微笑。

「這位是陳牧師。」建國說。

「你好啊，志高。」

「這裡是哪裡？」你還是搞不清楚是什麼狀況，想起身，這才發現身上穿著拘束衣。

無從逃脫的絕望感讓你眼前一片黑暗。

「志高，你聽好，這裡是耶魯教會附設的教養機構，這裡能夠……治好你的病。」建國面無表情地說。

「什麼意思？」

「董事長已經決定了，等你被陳牧師恢復正常就原諒你，並按照原訂計畫送你去留學。」

你無語。

「接受嗎？」

「嗯。」你沒有點頭，彷彿點頭就變相承認自己是同性戀，但你也沒其他路可以選擇了啊。

要懂得感恩啊，你可要知道進耶魯教會的教養機構，花的錢不會比出國留學少。

耶魯教會位於淡水，教養機構就建在教會一旁，這個教會不同於一般的基督教，他們除了神，還崇敬一位正典裡沒記載的先知，叫做哈斯塔，是以他們有一本外典名為《哈斯塔福音》。

根據《哈斯塔福音》記載，哈斯塔是位牧羊人，也是最後一個見證耶穌復活後升天的人。哈斯塔見到耶穌穿著黃金色的袍子出現在他面前，顯現異象於他，交付他福音，要求他拯救走上了使神不悅之迷途的人們。

黃衣耶穌說：「切記，你不可敬拜別的神，因為我們的神是善妒的神。」

（For thou shalt worship no other god: for the Lord, whose name is Jealous, is a jealous God.）

最後耶穌頭頂光環，在九百九十九位六翼天使的簇擁之下，回歸位於天堂的三位一體寶座。

由於哈斯塔是所有見證耶穌復活升天的人中唯一被賦予福音的，因此他也跟耶穌一樣被迫害跟排擠，且被其他使徒眼紅，而不被記載於一般教會的任何典籍之中。

耶魯教會的「耶魯」兩字便是取自哈斯塔所見的耶穌之姿態，「身著金袍的神」（GOD in the YELLOW）裡代表金袍的YELLOW之音譯。

這個耶魯教會的創辦人為泰籍華裔，香港移民第二代的陳金瑞陳牧師。你進教養機構的第一天，便是聽陳牧師訴說他創立耶魯教會的故事。

陳牧師宣稱他發跡於泰國的金三角，曾是昆沙的手下，為了撣邦共和國做出許多見不得人的髒事，曾對昆沙的一切命令無條件服從，而且他負責的就是毒品相關的工作。

「那時候泰國金三角號稱是五毒之窟啊，你們知道是哪五毒嗎？」

在教養機構的大廳，陳牧師在講臺上口沫橫飛地說，他的背後是真人比例穿著黃袍、掩去面容的耶穌像，臺下坐著加你約十來個少年，你們被禁止交談，還被要求穿著黃色的病人服，四周則有五個穿著黃袍的大漢跟兩名修女監看著一切。

陳牧師本來就沒期望你們會回答，他用那特殊的香港口音繼續說：「中毒、吸毒、製毒、販毒跟買毒，毒毒毒毒毒啊。而且吸毒的不是同性戀就是妓女，全世界都一樣。」

陳牧師就像是在饒舌，他繼續說，後來昆沙失勢，樹倒猢猻散，人都跑啦，但他沒跑，在昆沙失勢前的幾場戰役，已經顛狂的昆沙，口號便是來一個殺一個。

昆沙被抓走後，陳牧師在偌大空曠的指揮所看見了異象，決定將指揮所改成教堂，並且沿用昆沙的口號，只是改成「來一個救一個」。

幫人戒毒，協助同性戀由神恢復。

「你們要去，使萬民做黃衣的門徒，奉真神之名將黑羊洗潔成白羊。」陳牧師舉起手大喊。

他情緒激動繼續演說，他最重要的任務就是要預防「三合一」在世界範圍擴散，那是惡魔對三位一體的嘲弄，所謂的三合一便是「吸毒、同性戀、愛滋」。

三合一是毒中之毒啊，而且只要染上一樣，很快另外兩樣就上門。牧師用心良苦地告誡。

神也看出了他的決心，以昆沙指揮所改成的耶魯教堂，名聲很快傳了出去，奉獻源源不絕，在香港跟臺灣也開立了分會跟矯正機構。

而陳牧師之所以坐鎮臺北，是因為他感知到了臺北是「三合一」的大本營，就東南亞跟歐美的毒品產業鏈來說，臺灣因為政治跟地理因素，是一個極為重要的「中繼站」；臺灣又是美國的小老二，美國就是三合一的發源地，加上臺灣的首都臺北實在是太自由了，自由會使人墮落，這裡有太多索多瑪的後裔，卻除了他之外沒有幾個義人，在那光鮮七彩的都市煙塵之下，湧動的是地獄般的欲望跟利益。

矯正機構的矯正方式簡單而粗暴，他們稱之為「復健」，早上及下午各九十分鐘。

復健時得全身脫光，坐在純白色的復健室中特殊的躺椅上，手腳跟頭會被器械固定，眼皮被撐開。早上的是**「逆向復健」**，就是在頭上跟生殖器上都用貼片連接低電壓的電擊裝置，然後你面前的電視機會開始播放同性戀色情片，只要生理起了反應就會被電擊。這個復健的目標，就是被矯正者無法再對同性起生理反應，恢復成「正常人」為止。

「逆向復健」時會有兩個工作人員於被矯正者被電擊時用最羞辱的話痛罵之，甚至是朝其吐口水吐痰，當然他們最重要的任務，是幫被矯正者滴眼藥水，以及在其暈倒時將之打醒。

也不是沒有人拒絕復健，但拒絕的下場就是被工作人員用電擊棒擊暈被動地送去復健室而已，久了也沒人敢反抗。

而下午則是**「正向復健」**，一樣是要全身脫光綁在躺椅，但進行復健時得先吃一些藥跟飲下一杯味道刺鼻的茶。「正向復健」並不會裝上電擊裝置，電視裡放的則是一般無碼色情片，甚至是女性陰部的各種特寫，各種顏色形狀應有盡有。你後來上網查過，那些藥錠應該是犀利士，而那杯茶裡可能有某種草本性的致幻或興奮劑，難怪「正向復健」時你總是能保持勃起，你一度也以為自己真的被神恢復了。

而「正向復健」同樣會有工作人員監視，只是這時的工作人員會穿著生化防護服，在矯正者勃起時出言鼓勵並且一起禱告，然後在復健時間結束前幫被矯正者打手槍。他們會將裸女的照片貼在面罩上，被矯正者要射的時候還會被要求喊著：

「哈利路亞！」

不喊就會以電擊棒伺候。

感謝神的言語，隨著一間間復健室當中一股股精液噴濺而出迴盪著。

有時，陳牧師也會親自為被矯正者進行「正向復健」，並且在「病患」高潮時真心喜悅地一同高喊著「哈利路亞！」。陳牧師親手來時，可不會讓你只射一次，他非常喜歡那哈利路亞的讚美，隨著手中陽具的顫抖，一次又一次不絕於耳。

哈利路亞。

在沒有復健時，你被關在自己的專屬寢室，只能讀福音。由於矯正機構裡沒有時鐘也沒有對外窗，除了復健外，能出房間的就只有用三餐的時候。有時陳牧師會在講臺上同你們一起吃飯並且帶領禱告，沒有的話則是負責管理的高修女來帶領。

也不知道是不是牧師本身帶來的文化差異，餐具都是叉子跟湯匙，沒有筷子，用起餐來總讓你覺得不順手。

在黃衣的耶穌注視之下，你們這群黑羊默默用餐，羊群依舊被禁止交談跟接觸。

一開始你以三餐記錄時間，但沒多久時間的流逝逐漸變得難以捉摸，漫長而無盡，你也有懷疑是那些餐後吃的膠囊跟「正向復健」的藥物的關係。

你發現有些老面孔離開了，也來了一些新面孔，能離開表示治療成功，在「逆向復健」時已經不會起生理反應，由神恢復了。

你真是有夠變態。

都這樣了還是無法克制見到男體就勃起，不正常，噁心。

不知從何時開始，你的記憶也跟時間一樣碎片化且難以連貫。有時你以為要復健了，卻發覺自己已經復健完躺在房間，頭皮跟屌的麻痺感讓你知道自己剛復健完；有時你以為自己在讀經禱告，求神讓你恢復，卻一回神就被綁在治療椅上，硬挺的老二正被工作人員及陳牧師撫摸。

這種狀況反覆出現使你焦慮不已。

那天你服用完藥準備開始「正向復健」時，你突然又回到了與爸爸跟姊姊用著晚餐的餐桌，你們剛吃完前菜，耳邊穿來悠揚的古典音樂。趁著主餐上來的空檔，你跟姊姊說你夢見被關到了精神病院，美玲笑著說你真傻氣，怎麼可能有人把你關到精神病院呢？一定是看太多課外書了，得好好讀書才不會東想西想，爸爸也跟著附和，要你英語的部分多加強，英語好才會有國際觀，更何況都要去留學了。

對啊，要去留學了，英語得好好再加強，你文法沒問題，單字量也夠，但口說跟聽力就是一直差強人意。

此時主菜上來了，上菜的侍者有些奇怪，穿著黃色的兜帽袍子，臉都看不清楚了，有這樣的侍者嗎？你疑惑著。

主菜是一塊牛排，煎得焦香成色極佳，搭配淋了奶油檸檬醬的白蘆筍跟炒蘑菇。看著面前的瓷盤，你突然想不起來你當初點了什麼主菜。

「這是什麼部位啊？」

你詢問侍者，從小開始，你大都只吃菲力，這塊肉看起來有點陌生。

「是西冷。」

侍者說，帶著廣式口音。

西冷？

啊！是沙朗啊，你不喜歡沙朗，你還是習慣嫩一些的菲力，再不濟就是三分熟的紐約客。

但也沒辦法，菜都上了，你拿起叉子插入牛排先固定再切，這塊沙朗似乎過熟了，你用叉子叉好幾次都不順利。

你說你想換成菲力，但你爸立刻告誡不准挑食。

侍者在你耳邊說：

「少爺，這塊西冷烹調的方式比較特別，你用力啲。」

你聽了侍者的話更加用力，叉子終於順利插入牛排，紅色的肉汁湧出。

在目擊者的口述中，事發的經過實在太突然，只知道在用晚餐時，陳牧師如同以往帶著大家禱告，你忽然抓著叉子起身，以超乎常人的速度竄到講臺上，將手中的叉子刺入牧師的脖子裡進進出出，還一邊喊著你要吃菲力牛排。

陳牧師的鮮血四濺。

被血濺到的黃衣耶穌像依舊靜靜地居高臨下看著一切。

也因為這樣你被踢出了矯正機構，事後你爸可是又捐了不少錢給教會，還好雙方都有共識不想讓事情鬧大，反正陳牧師也沒死，只不過說話變得比較困難了。

被趕出來的你開始接受了醫院的治療，你被送入了市立萬華聯合大學醫院附設的峨嵋精神護理之家，身心科的醫生開了一堆醫囑跟治療計畫，但結論還是你是個不正常的神經病。你在峨嵋精神護理之家進進出出加起來應該也有十幾年，各種花招百出的自殺也不是沒試過，偏偏都沒死成，那麼下賤，命倒是很硬。

你從矯正機構出來後便幾乎沒有回過家，你爸將大安的房產給你當住處，只透過建國當中間人聯絡。二十歲時你爸正式跟你斷絕父子關係，他當然知道這沒有法律效力，但這樣的行為本身比起實際效力，取的是內含的羞辱性。但他同時又將你棲身的那棟樓過到你名下讓你收租，畢竟這樣的你也不可能自食其力。

當時建國以不帶情感的語氣說：「老爺會保證你衣食無憂，但你在名義上出國留學了，他不會再管你，也希望你好自為之，可以的話用化名過日子，不要再讓熊家丟臉了。」

他一邊說，陪同的律師也同步拿出了許多文件給你簽。

你麻木簽著內容都沒過目的文件，心緒卻又飛回了與爸爸姊姊開心用餐的餐桌，侍者已將沙朗收走換成你最愛的菲力了。

然後你接下來的日子就是團狗屎。

你的確低調過著日子，偶爾在網路發發神經。

你早已不在乎自己是白浪還是Pentalan了，阿嬤的身影在你紛亂無序的腦中已然消逝。

面對自我欲望成了當時你人生的目標。

最終，你想要證明同性戀也能獲得幸福，但一段段感情都像是笑話，你怎麼付出跟尋找，都只是一場場幻夢，你也有過自暴自棄的放蕩，穿梭於一具具的肉體放縱著心中的寂寞，然後除了林林總總的性病跟HIV外你一無所獲。

唉，垃圾，到這地步了套子還是都不懂得戴，是故意的吧，同性戀就是缺德啊，神明保佑，阿彌陀佛。

現在只要你跑去吸毒，你就能成為三合一了。

但你一天得吞那麼多藥，沒那些藥你可能難以續命，這跟毒有差嗎？

你這個他媽的死同性戀。

．．．．　．

你爸已經脫離危險離開ＩＣＵ，轉移到病院頂樓的ＶＩＰ病房，你今天照舊避開美玲在的時段，獨自來到病房探視，你請專責的護理師離開，讓你跟你爸獨處。

陽光透過百葉窗一束束射進來。

他的生命力比你想像中的強吧，都成了這樣還沒有死，但醫生有說要你們家屬做好病患變成植物人的準備。

坐在病床邊，你內心充滿了難以壓抑的情緒。那個把你囚禁在十六歲，雙眼通紅鞭打你，讓你人生無路可去在你夢中化成羅剎的男人，如今卻變成這副慘烈的樣子，渾身綁帶，插滿管子，身形孱弱劣化，得靠著點滴及呼吸器才能活著。

「要上甜點囉。」黃衣侍者說。

甜點是法式水果塔。

「由於塔皮香酥易碎，請以手取食，已經做成了一口一個的尺寸了。」

你在分不清真實的譫妄之中，伸出手握住你爸細瘦的脖子，與其被動等待，不如主動出手，這樣故事才能有個收束，畢竟你人生除了看著這讓你一輩子痛苦無處宣洩的男人斷氣外，已沒有其他目標了。那些怨懟化成了十足的殺意，只要一下下，憑他的狀況，應該立刻就會死，後續什麼的你都無所謂了吧，而且還能讓美玲更難堪，讓熊家面子全失，笑著握著他的脖子你居然又微勃，真的有病。

由於塔皮香酥易碎，請以手取食。侍者說。

「熊志高！」

就在你準備施力時，身後卻傳來你爸的怒吼，你立刻鬆手，難以置信，這幻聽是不是很真實？

這不是幻聽，連我都沒想到我在這狀態下能發出聲音，但事實上我的確叫了你，而且我現在感到渾身因為憤怒充滿力量。

你這個死不要臉的同性戀，熊家之恥，你幹了那麼多破事後居然還想親手徹底了結老子？

無臭無潲。

真的想不到你大逆不道到敢起殺心。

那天你到醫院後，我還搞不清楚狀況，但我對你這沒用的長子還是有一些執念，我跟在你背後，你分裂的心神跟靈魂以及在內心隔出的縫隙，讓我可以趁虛而入，然後我**渙散的神識**也隨你的心緒開始凝聚，我好好看了你的心跟記憶，狗都不如，當初知道你是坩仔時就該直接宰了你。

「熊志高！」

我又叫了一次，既然可以發出聲音，是不是代表我的中陰之身也可以顯化在現世，不只可愛的熊寶看得到。

對，你給我好好回頭，我也想看看熊寶口中的阿公二號，在你眼中是什麼樣子。

快！

回過頭來。

看看現在貼在你身後的到底是不是你的幻覺……

第四章

鄉民與無極神尊之嘘

批踢踢實業坊>看板 marvel
作者：babybear3939（煞氣天寶）
標題：〔分享〕家破人亡的我隻身對抗邪靈的故事
時間：Sat Sep 2 22:44:44 2028

給所有看到這文的人：
我現在人在網咖，上網的錢是剛剛在路邊一個路人給我的。
最初我覺得那人超詭異，這種時節居然穿著黃色大袍子罩著頭走在路邊，還拿著手電筒，七月半的，不知情的人可能會以為是好兄弟，他跟我搭話時我也被嚇到。
他主動問我是不是需要幫忙？
我有確定過，他有腳，也不是半透明的，我算是看過半個鬼，知道那不是鬼。他還背著北臉的背包，其實挺搞笑的。

思考一下就知道這裡離西門這麼近，應該是什麼Coser之類的。

啊，玉山小飛俠啦，我懂了，他Cos玉山小飛俠，剛剛來的路上才看到新世界大樓的大電視牆有播預告，居然已經拍到第二集了。

總之，他把錢包裡的錢都借給了我，只有幾百塊。

還借我衣服讓我換掉身上的病人服，對啦，他可能是電影的宣傳工讀生，我穿的就是他的便服。

兄弟，如果你看到這篇文，謝謝你！

還有手電筒，真的太感謝你連道具都願意借我。

等一下要去的地方手電筒真的是必需品。

我覺得我得把這些事記錄下來，讓世人知道發生什麼事。

可惡，要是有手機我就可以保持移動又能上網了。

社群帳密應該是被偷改過，我都登不進去。

所以只能在這裡Po文。

我剛剛才從神經病院逃了出來，不知道你們有沒有聽過萬華的峨嵋精神護理之家？

我被關在那裡一段時間了，從十歲開始……幾年啦？

說真的，像我這樣一個正常人被丟到那種地方實在很痛苦。

我是被陷害的，但無論我怎麼跟警察說，怎麼跟醫生說，就是沒人願意相信我。

陷害我的人是我的舅舅，應該是說披著我舅舅皮的邪靈。

通俗來說就是我舅舅被奪舍了，而且我知道那個東西也打算奪舍我。

本來是想說趁他睡覺用刀刺死他，但我又太善良，實在下不了手！

這一切都是阿尼的詛咒，那個可惡阿勞的詛咒！

我當初是為了自救幹掉邪靈才放火，被火燒死不用見血，順便淨化舅舅的身體，計畫順利還能偽裝成意外，但我失算了，輕忽邪靈的能力。

早知道會這樣，不如親手用刀幹掉牠，反正我未成年，還能裝神經病，我媽也……

本來舅舅跟我們家是不相往來的，但他被奪舍後就堂而皇之住進我們家，他住進來後不到一年我爸就走了。

我爸在某個週五死在他的辦公室，週一才被發現，心肌梗塞，那些媒體真的很缺德亂寫一通，說什麼他是打手槍爽死的，電腦裡都是非法的兒童色情片。我知道我爸絕對不是因病死亡，他以前海陸的，身體超好。

他是被邪靈害死，死了還被糟蹋。我爸怎麼可能對其他小孩有興趣，他說過我可是他看過最完美的孩子。

我爸死了以後邪靈不只掌管了我們家，連家族企業都被端走了。牠名正言順當上董事長，而且還是我阿公的遺囑指定的，那個親筆簽名一看就是偽造，這麼低級的模仿卻只有我看出來。

而我媽她也知道住在家裡的舅舅是假的，畢竟她親耳聽到舅舅發出阿公的聲音，我也早跟她說了阿公二號的事，她實在太膽小，沒辦法，女人，她很怕那個她原本瞧不起的舅舅，明明不是真的舅舅啊，卻也沒辦法。

媽媽沒事就躲在神明廳拜拜。

身為熊家的長子跟長孫，我暗暗下定決心要救媽媽脫離苦海，並且幫我爸爸報仇。

我計畫了至少一個月，本來應該是完美的犯罪。

而且這段期間我還發現自己可能是邪靈的目標，更堅定了我下手的信念。

我很清楚我媽那天固定會出門去看心理醫生，我們家原來是有請傭人，但舅舅住進來後開除了全部傭人，要我媽親自處理所有的家務。

雖然我媽很可憐，整天在那邊掃地拖地還要煮菜，不過這樣也讓我有更好的機會下手。

我也確定了牠那天不會出門，我沒去學校裝病在家。

我事前偷拿了我媽吃的史汀諾斯、悠樂丁、百憂解什麼的一大堆，全部磨成粉。

等我媽出門後用吳柏毅叫了兩杯糖加倍的星冰樂，把那些粉全都加到要給牠的那杯裡。

牠看我請牠喝飲料很開心，牠一直想親近我，不小心被牠碰到肩膀什麼的真一陣涼意，很噁，畢竟我知道舅舅有……

而且邪靈本來就不懷好意所以我一直躲，有幾次牠還說了只有我跟阿公兩個人才知道的事，說什麼牠其實是阿公，想藉此騙我，但我可沒那麼簡單，阿公明明被阿尼害死了。

我親眼看著牠喝完飲料，也確定牠睡著。

接著我回覆同學的賴說身體好多了，決定去學校。

然後把酒櫃裡的威士忌都拿出來，倒在牠身上，空酒瓶堆在旁邊，還有也是從我媽那邊拿來的菸跟菸盒，這樣看起來就會像是喝醉後抽菸引發的火災。時間差我也算好了，我都有看柯南，我利用蠟燭跟酒精膏來引火，蠟燭還特別買吹不熄的，點了好幾根以防萬一，放在一段距離外，還確保空調跟窗戶都關好了。

用好後我立刻出了門。

家裡的確是失火了，在學校接到通知時真的是演技大考驗，但聽到說是我媽被燒死後我整個人差點瘋掉蚌埠住了。

我媽死在神明廳，燒得是嘎嘣脆。

不可能，我親眼看著我媽出門了。

而且牠居然在房子內偷偷裝了攝像頭，我的所作所為都被拍了下來，正常人誰會在家裡面裝攝像頭，這是偷拍。

牠之所以沒事是因為等我出門後牠吐了，說是被煙嗆到，然後把加料的飲料全吐了出來，警察有給我看偷拍的視頻回放，但那演技根本是話劇社，我立刻明白牠早就發現我的意圖。

火燒起來居然沒有往牠身上引，而是往二、三樓竄。

這太奇怪，我明明確實用酒精膏畫好路徑，只要蠟燭燒到底，火一定會順著路徑往牠身上跑，不可能往其他地方燒。

但畢竟對方是超自然怪物。

恨啊，你說可不可惡，牠居然連我媽都殺了。

不過我知道牠不會殺我，因為牠當初應該也沒料到舅舅的身體狀況。

所以我會是牠的下一個目標，根據原本舅舅的前例，我推理出跳樓很可能是被奪舍的先決條件之一。

換個想法，我待在精神病院反而安全，但這終究不是長久之計。

不對！跳樓是因，不是果。

難道是深度昏迷？

昏迷的人才會被搶走身體。

人深度昏迷會不會是靈魂跟肉體分離的關係？

反正，結果就是我被關進精神病院。

醫生說我是思覺失調，還有妄想、雙向情感障礙、自戀型人格，最後總結是「替身症候群」，又叫卡普格拉症候群。

那是一種會認為親友被冒名頂替的精神疾病，有時候不只是人，部分患者對於寵物或住所都會產生認知的障礙。

有可能是創傷造成的。醫生對我下了個狗屁結論。

但我現在開始懷疑這種病也許根本不存在，因為那些被診斷出患病的人說的其實都是真的，但偏偏他們又沒辦法證明。

超自然力量這種存在超越大部分人類的感知，除非是像我這樣可能比較特別，有過一些不同的體驗，算是有點天賦的人……

你想像一下，你述說著絕對的客觀事實，卻沒人相信，這不就是恐怖片常見的橋段嗎？

一定是這樣，「替身症候群」是具有能力覺察到邪靈寄生的人們被汙名化、被誤會後，因為一般人在認知上的落差而出現的假性病症，是邪靈入侵世界的下三濫手段之一。

而我目前就是被丟在這樣的困境當中，我知道試圖證明自己是對的根本不可能，你要怎麼跟紅綠色盲說紅色和綠色的差別？

但我有機會可以自救，停止詛咒、奪回人生的控制權。

這真的多虧了馬克。

現在我正處於一個極度危險的狀況，不知道何時會被抓回去，或者被用計替換掉。

而且剩下時間不多，吃完東西後我的錢只能上網九十分鐘。

神明保佑，阿彌陀佛。

其實我剛剛才從神經病院逃了出來，你們應該也聽過這間神經病院，萬華的峨嵋精神護理之家。

我也不想多談被關在裡面的事，但你們可以設身處地想像一下，一個正常人被迫跟一群瘋子日夜相處還無路可去的精神內耗是有多卷。

啊，我是不是重複提到我被關在神經病院的事？

重點是，還好無極神尊保佑，我挺了過來，靠著堅強的意志。雖然我也曾想過為何媽這麼用心供奉無極神尊，祂卻放任邪靈害死我們全家，但也許這一切都是業力因緣，就算是神也無法改變業力的流向，只能微調。

祂不調就我自己來調。

事實也證明有拜有保佑，雖然我遇到了一連串爛事，人生陷入谷底還被當成瘋子關到精神病院，但也正是因為我在精神病院遇到了馬克，命運的齒輪才得以有所轉動。

都是那些藥害的，我的腦子還是昏昏沉沉亂七八糟，精神病院就是一直讓你吃藥，抹殺人類的思考能力，那不是醫療……只是簡單的底層邏輯，人類會發瘋就是亂想，思考上出現故障，那麼，只要去除思考能力，就沒有發瘋的問題了。

基於上述，因為我真的被餵很多藥，如果你讀下來覺得有不順語句不通，希望能多多見諒，我現在還在一種極大的高昂情緒中，真的很難有條理地思考。不過沒關係，只要再撐幾個小時我就要拿到王牌了。

雖然這張王牌很可能是虛的，但也可能有了現實佐證超自然的現象，證明我認知的一切都是真的。

馬克就是神派來的使者，來幫我的。雖然我沒有很喜歡他，甲甲的。

這也是無極神尊給我的啟示，祂並沒有放棄我。

就像之前說的，我跟舅舅很不熟，應該說他跟我們家人都不好，幾乎沒有來往，只是知道有一個舅舅。以前阿公會偷偷給我看他的照片，一直志高東志高西的。

我當初也不知道為何他跟家裡這麼疏離，只聽過我媽說他不正常。

2023年，在我八歲時，我舅舅跳樓自殺了，從阿公的病房，十樓，跳了下來。

他究竟怎麼打開醫院的安全窗鑽出去的，沒人知道。

舅舅跳樓後那段時間，我偶爾會看到他的靈魂，不過就像我媽常跟我說的，他不但不正常還是個沒用的人。

所以就算變成了鬼，他每次出現不是在哭，就是躲在角落，也不知道是什麼意思？

反而是我會被他突然出現嚇一跳很困擾。

我也試過跟他說話，但果然人鬼殊途，無法溝通。

後來他漸漸消失，我還以為他去投胎了。曾有一段時間我很走心，怨我爸媽死後為什麼都沒來看過我，明明我看過阿公跟舅舅的鬼。

直到最近他又出現在我面前，我才終於釋懷，因為我靈光一閃，想通了。舅舅本質上不能算是鬼，而我爸媽是真的徹底死了，所以我能看到舅舅的原因不是因為我有陰陽眼，而是他不算是鬼，就跟當初阿公二號一樣。

應該說跟原本的阿公二號一樣。

關於阿公二號的事我等等會提到。

先來說說舅舅，他最近又開始出現，還是一樣沒用。

而且在夢中他難得主動跟我說話，之前早不說晚不說，只會哭。

但到了現在我完全聽不懂，不是聽不懂他的話，而是看得出他在講話，也聽得到聲音，但要辨識他的話語實在太難了。也許時間經過太久，他整個外觀都爛了，就像一塊人形肉泥，舌頭跟牙齒都……

不過五官勉強還是看得出是舅舅。

原來不只肉體會腐爛，失去身體連結的靈魂也會腐爛。

我花了很大的工夫才從他的話裡聽出幾個關鍵字。

「錦寧國宅」

「要」

「許願」

「不」

「爸爸」

剛開始我一直在想他到底在供三小，有夠吵……

不過世界上就是有很多事，時間到了才能跑劇情。

關於錦寧國宅，靈異愛好者應該都知道，應該說多數人都聽過吧？知道吧？

是臺北人都知道耶。

這麼有名的靈異景點，號稱是「臺北第一猛鬼大廈」，最有名的應該就是有人跳樓壓死賣碗粿婦人的新聞。

然後還有非住戶的人跑去那邊跳樓，一個接著一個。

後來又因為拆遷出事更有名了，也不過幾年前的事。

錦寧國宅預計是在2025年要拆遷的，結果一直發生意外，怎麼看都跟超自然現象脫不了關係。

好幾個工人跟被附身一樣跳樓、怪手失控開到馬路造成連環車禍，還有里長一家的那個案子，凶手到現在還沒抓到，對嬰兒那樣實在是……

上網查一下都是一大把。

最後住戶是全部遷出了，但拆除的工程整個延宕到現在，不了了之。

案子沒人標，誰也不敢動。

我剛剛有先去實地看了一下外觀，整棟樓黑漆漆的，外面用鐵皮圍了起來，還拉滿封條，想到要進去裡面真的怪毛的，但有什麼比邪靈可怕？

我可是見識過地獄的人，呵呵。

只要過了十二點就是農曆七月十五了。

再一下下，網咖時間到了過去差不多。

我要許願讓我回到過去，阻止一切，拜託。

只要能修正時間線，不讓那個死阿勞入侵我們家，用詛咒跟邪靈害死我阿公跟爸媽。

這些東南亞的詛咒都特別凶，那邊文化水平低，所以行事都藉由原始的方式，外道神靈特別猖獗，我跟你講，是真的。

這些始終是我心裡最深的一道傷，才轉眼間我本來和樂的家庭就毀了，邪靈入侵了我家，那個邪靈最先是偽裝成我阿公的生靈。

原本我擁有的，跟我應該擁有的都沒了。

阿公的生靈我猜是在某個時間點偷偷被邪靈吃掉了，我在動漫裡有看過，不然說不通阿公二號怎麼突然被取代了。邪靈透過進食來模擬目標的外觀並攝取靈力，這是我推理出來的結果，這種設定很常見。

因為牠知道我看得到，得到身體之前如果被我察覺，我就有可能介入，出事的時候我明明就有先跟我媽說阿公二號的事，所以理性上我認為她多少有點責任。

我的理論是奪舍就像昆蟲變態，在破蛹而出前如果受到干擾，羽化可能就會失敗。

所以牠才假裝成阿公二號的外型，讓我沒有戒心，沒有察覺到那是假貨。真的很惡劣。

到底該怎麼說我家發生的慘劇呢？

我想用時間順序一件一件說應該比較好。

這些記憶現在都一團亂。

所有的開端應該是從我阿公被蓄意謀殺開始說起。

殺阿公的人就是照顧他的外勞，那個叫阿尼的死外勞，我們家把她當家人看，沒想到是個白眼狼，所以真的要小心那些什麼新移民的，非我族類啊。

哥是用自己的痛在勸世。

到現在我還是不確定她真正的殺人動機為何，不過應該跟我設想的八九不離十。

阿勞啊，腦袋裝什麼誰知道，吃的東西又怪又臭，還要另外準備，講話又吵，整天只會開視訊偷懶。

可怕的是她的房間有一個奇怪的娃娃，她會跟那個娃娃說話，還有類似祭壇的東西，整個超邪門。

後來聽我媽說那是她女兒的替身，她女兒死了。

我有聽過她說她女兒的事，她女兒叫阿比，但她卻沒跟我說過原來阿比早掛了。

出事後阿尼所有的東西都拿去燒掉了。

阿公被殺，應該是說被殺未遂的那天我也在現場。

可憐的阿公是因為中風癱瘓坐輪椅所以要請看護，我跟阿公感情一直很好，他癱瘓之後我真的很難過，每天都拜拜祈禱他好起來，當然那時還小，並不知道有些病是不會好的。我天真地以為阿公會好起來。

一想起來，我還是很難過，我真的很想念我阿公。

說回那天，阿尼推著阿公出去散步，我也跟著去，因為我知道阿尼說是帶阿公去散步，其實都是藉故跑出去跟她的同鄉聊天，就把阿公晾在旁邊，所以我如果下課或放假就會跟著，幫忙照顧阿公。

那天阿尼一樣跟她的朋友顧著聊天，我則在旁邊陪阿公，他流口水我幫他擦，他想喝水我就餵他喝水，原本是個平凡的一天。

但在回家的路上，在十字路口等紅綠燈時，阿尼像是被什麼附身一樣，紅燈轉綠燈的瞬間，突然用力把阿公的輪椅推了出去，好死不死一輛卡車衝了過來，因為發生得實在太快，等我回神時只看到了扭曲的輪椅倒在路邊，阿公則是下半身被壓在卡車的輪子底下。

眼前這一切的衝擊實在太大，無助的我本能望向阿尼，結果……

她
居
然
在
笑
她臉上掛著超詭異的笑容，非人之笑。
接著更離奇的事情發生了。
我被她的笑容嚇到，腦袋也還無法理解發生了什麼事。
然後再度看向阿公時，我看到了阿公的靈魂爬出了他重傷的身體，那時我什麼都不懂，想說那也是阿公，就把那個叫做阿公二號。
阿公二號幾乎跟阿公外觀一模一樣，只是顏色比較黑，半透明，腸子掉了點出來。
我想也是從這時候阿尼的邪術就開始了，阿公應該是被獻祭了。
對！她把阿公推出去就是為了獻祭。
果然這樣書寫出來有助於釐清思緒，在精神病院要用紙筆都得申請跟監管，很不方便。

我猜她應該是為了復活她的女兒，那個她供在房間的娃娃是她女兒身體的替代品，用來當靈魂的寄託！所以她是進行邪教儀式走火入魔了。

獻祭一定是要付出祭品的生命。

但她沒料到的是，阿公被車撞後沒有死，只是殘上加殘。

出了加護病房，醫生就宣判阿公可能變成植物人，但這也是理所當然的啊，畢竟阿公的靈魂離開了身體，那樣的身體真的太慘了。

阿公二號就是阿公的生靈。

阿公出事後舅舅也有來醫院，那段期間阿公二號一直跟在舅舅的身後。

這件意外最詭異的就是，出事地點四周的攝像頭，卡車的行車紀錄器，還有我拍來記錄阿公的Vlog都在意外發生的那瞬間黑屏了。

沒有任何機器拍到阿尼推阿公的視頻，也沒有其他目擊者，肇事司機後來又殺了妻女……那個司機的下場也是剛好，不知道吃錯什麼藥，一直說是我推阿公去給車撞，我懷疑他跟阿尼是一夥的。

馬克說的沒錯，外面真的都是瘋子，那個司機真的夠瘋，他女兒才六歲，真的無法理解這種會傷害親生骨肉的人腦子裝什麼，還把女兒的左手砍斷，留那個詭異的遺書說什麼施法讓女兒的鬼魂去找仇人復仇，笑死，六歲小女孩就算變成鬼也只會哭著找爸爸吧？

還好那天我的國小同學大頭也在場，我們一起作證阿公是阿尼推的，真的是老天有眼。

而我驚覺阿尼詛咒我們家就是在阿尼庭審的時候，我做為唯二的證人出庭指認她的罪。

她又想誣賴我，說是我推的阿公，還用國語叫我們全家都去死，不知道是誰教她說的，說完還講了一連串的土話，那就是咒語吧，她真的有夠狠又不知悔改。

我認為就是在這時候她扭曲的心更加邪惡了，儀式失敗後她轉而對我們家下了降頭之類的。

假設阿公出車禍變植物人是序，那第一章的篇名便是：〈我的舅舅跳樓了〉。

我舅舅跟我阿公一樣生命力都很強，他從十樓跳下來居然沒死，只有左腳骨折，然後因為腦震盪陷入昏迷，昏迷指數3。

醫生都說那是奇蹟，新聞還報了一陣子。

醫院的安全防護也被檢討了。

結果舅舅的身分被起底，我也是看新聞後聽爸媽的談話，才知道阿公跟舅舅斷絕了父子關係。

跳樓的新聞立刻被阿公對外謊稱舅舅在國外工作的新聞蓋過，連舅舅待過精神病院的事都被挖出來，有夠丟臉。

扯遠了。

舅舅跳樓是在我阿公出車禍後隔幾個禮拜的事。

警察判定舅舅是想自殺，因為有遺書，遺書寫了什麼我不確定，但我有偷聽到我媽在事後曾對著病床上昏迷的舅舅說了「居然寫出那種怪力亂神的遺言，不知感恩的畜生」之類的話。

劇情轉折發生在舅舅跳樓後的第七天，那時我媽帶著我到醫院，她跟舅舅雖然失和已久，但終究血濃於水，很關心舅舅的狀況。

那天也有律師在場，主要是討論遺產規劃跟公司相關的事，雖然很現實，但阿公跟舅舅都接連出事，這也是難免，爸爸雖然暫代阿公董事長的職務，但他是入贅，話語權差了一點……媽媽又是女人，公司的事她怎麼可能懂？

總之很麻煩。

但這些都不是重點。

我前面不是提到過阿公二號嗎？

就是我阿公的生靈……which已經被邪靈吞食取代。

但為了方便說明，我還是以阿公二號稱呼那個邪靈。

當時，我媽跟律師還有主治醫生在舅舅病床邊討論他的狀況，阿公二號一開始還像平常那樣，就是在舅舅身邊飄來飄去。

然後，突然，我沒誇張，超噁心，阿公二號變得跟蛇一樣拉長往舅舅的身體裡面鑽，明明耳邊只有大人的交談聲，我卻幻聽到咕嚕咕嚕的聲音，那是舅舅身體被撐開的聲音。

見狀，我立刻拿手機起來錄影，但什麼都拍到，就是拍不到我看到的那些靈異現象。

等到阿公二號整個鑽進去後，就像是電影的分身特效一樣，半透明的「舅舅二號」被擠出自己的身體。

接著，應該只有我注意到，躺在床上的舅舅的手慢慢抬起來，拔掉呼吸器睜開眼睛，接著整個人猛地坐了起來。

除了我之外，在場的大人都嚇了一跳，尤其是我媽，她眼睛張得好大，我都怕她的眼珠會掉出來。

舅舅起來說的第一句話我依舊記得一清二楚，因為事後我跟我媽反覆看了好幾次那段我錄的視頻，都會背了。

他看著我媽說：

「美玲啊，這麼急，不是跟妳說過要好好瞭解家業，從基層做起，我一個月給妳五萬，還好妳夠漂亮，可以坐櫃檯當門面。」

清醒的舅舅話才說完，媽媽看著舅舅，嘴角狂抖，我以為我媽也要中風了，然後她就發出嚇死人的尖叫昏了過去。

在場其他人都以為我媽是因為奇蹟又在舅舅身上發生，太激動而昏厥。

但我知道不是，她應該跟我一樣，都聽出來了，從舅舅嘴裡吐出的是阿公的聲音。

而我的視頻裡錄到的也確實是阿公的聲音。

也就在同一天，同一間醫院，跟舅舅相鄰的病房裡，阿公因為器官衰竭過世了。

一開始車禍發生時，我就跟媽媽說了阿公二號的存在，她不信。

等到舅舅醒來後，看了視頻，她才不斷問我阿公二號的事，我一五一十告訴她阿公二號進入舅舅身體的事。

也是這時媽媽推理出了阿公二號的真面目其實是邪靈，她說雖然阿公已經死了，但阿公生前做了那麼多善事，她平時也那麼認真在拜拜，所以阿公不可能變成鬼。唯一的可能就是那個阿公二號不是阿公的靈，是外勞邪術引來的邪靈，真正的阿公已經離苦得樂去西方極樂世界了。

對於母親的觀點我只認同了一半，就如前述，阿公二號我親眼所見，一開始就是從阿公身上擠出來的，最初的確是阿公的生靈本靈，是後來才被邪靈取代了。

對了，我不是說我是牠下一個目標嗎？

你也許有疑問為何我會這麼想，其實原因很簡單。

我爸剛死那段時間，我曾經偷跑進去過舅舅的房間裡，想看看能不能找到什麼線索，結果，發現了一張連續處方簽跟一瓶藥。

上網一查，才終於知道媽媽為什麼說舅舅不正常。

要吃這種藥的也只有一種人。

真的發現那瓶藥以後，比起附身在舅舅體內的邪靈，我更擔心的是平常生活都要跟他免不了有間接或直接的接觸。

超

噁

心

那瓶藥叫「舒發泰膜衣錠」。

難怪媽媽說他不正常。

阿公應該也是知道舅舅的祕密，斷絕父子關係也是情理之中。

你去查一下，就知道為何我會認為我是他的下一個目標，邪靈在那個身體裡應該也不好受吧哈哈哈，是我的話，也是選另外一個健康又年輕的身體。

不知道附身的靈體會不會繼承肉體原本的記憶跟癖好？

噁。

靠北，時間也過太快了吧？

居然只剩下三十分鐘，我得趕快，舅舅二號在旁邊一直叫，好吵。

我還沒說到馬克。

馬克是我的病友之一，病友這個詞有點不精準，他們有病我沒病。

因為我是正常人，精神護理之家的人多少都有點那個……

我平時是不跟那些人接觸的。

那些人沒事也不會來跟我說話，他們都沉浸在自己的世界。

直到舅舅再度出現，那也是馬克主動跟我說話的原因。

馬克年紀應該四十出頭。

「你旁邊的那個東西到底是什麼啊？」他問。「還一直碎碎念。」

他居然看得到舅舅！

我們也開始交流，他說我長得很像他以前認識的人，他說那個人有點像金城武，很帥，我是不知道那個金先生是誰，馬克說是明星，但我都沒聽過，應該很不紅。

說是認識，他根本不知道那個人的名字，他都稱那個人「X先生」。

然後自顧自地說起他的故事。

他說他小時候曾被送到一間名字跟國外知名大學一樣的宗教矯正機構，是要矯正什麼也沒說，但在裡面他遇到一個人，跟他一樣被送進去矯正。那個人到現在都是他崇拜的對象，因為那個矯正機構很黑心，都在虐待兒童，在裡面真的很痛苦，但「X先生」解救了當時跟他一起關在裡面的人。

由於是宗教機構，吃飯前都要禱告。

他說「X先生」在某次飯前禱告時突然抓狂反抗，用叉子捅了帶頭的牧師的脖子，這麼一搞，結果他們都被放了出來。

他一直在找那個「X先生」，想再見一面跟他道謝。

他說話的時候我感覺很甲，而且神經病的故事我實在沒興趣。

我隨便敷衍了一下，然後跟他說了跟在我旁邊的是我舅舅，也分享了我家發生的事。

幹你娘，結果他居然用一臉你是神經病嗎的眼神看我。

草泥馬。

不過無所謂，跟神經病計較沒必要。

我問他聽不聽得懂舅舅在說什麼？

「聽得懂喔。」

他說。

「你舅舅好像是在說去錦寧國宅許願的事。」

什麼意思？

然後馬克就跟我說了錦寧國宅的傳說，那是他從他媽那邊聽來的。

完全是命運的安排啊！

「據說啊……」他壓低聲音。

據說啊，錦寧國宅的所在地在風水上是整個臺北最陰的場所，把臺北盆地看成一個漏斗，錦寧國宅就是漏斗最中心最底部的尖端。也是因為這樣，錦寧國宅才會一直出事，那邊是少數陽世跟陰間重疊的地方，加上國宅口字型的結構，變成陰氣聚集，只能進不能出，所以一直有人被抓交替。

他說這個傳說現在很少人知道，不過只要老一輩的在地人多少都聽過……

那就是，只要在中元節的子時到錦寧國宅的頂樓天臺，順時針繞著天臺走四圈，走完這個儀式就會出現一間小廟，那是全臺灣最靈驗的有應公廟，遇到的人誠心許願就能使願望成真。那間廟不存在陽間，只有在中元當天的子時這種陰陽完全融合的節點才會現世，而且可遇不可求，是真的要有靈感跟緣分才遇得到。

馬克說完，舅舅突然就一直大叫，一直對著馬克大叫，然後又喊著「錦寧表」之類的。馬克也是被嚇了一跳。

我問馬克他是否有試過去許願，他只是笑笑。

如果是你，會許什麼願呢？我又問他。

當然是希望能跟X先生再次相遇啊。他理所當然地說。

真的是一臉甲樣。

大叫的舅舅突然哭了起來，應該是在哭吧？他還得用手摀住臉才能防止眼珠掉下來。

看到這裡你應該也知道了，我之所以決定逃出來，就是為了在中元節的子時，到錦寧國宅去進行召喚有應公的儀式。

我知道子時就是晚上11點到1點，所以等等12點就是中元節，過去剛好。

逃出精神病院的過程比想像中容易，馬克似乎住過不少精神病院，不知道他是有什麼過去，居然對於逃出這種地方很得心應手，護理師的交班空檔啊、路線啊、怎麼聲東擊西，還有牽制保安的方式……多虧了他的協助。

我也有問他要不要一起逃，他搖了搖頭，說外面都是瘋子，待在裡面他反而比較安心。

神經甲。

不過真的還是要感謝他搞到了門禁卡，還犧牲自己跑給那些人追，我才能順利地逃出來。

而且無極神尊保佑，還在路上遇到好人，現在回想，一切都超級順利耶，無形之中有什麼在幫我，我可以感覺得到。

這就是我的故事，我等等發完文就準備去錦寧國宅了，你可能會想說如果這個都市傳說不是真的那我要怎麼辦？

其實我沒差，最多就是被抓回精神病院，我也說過，在精神病院裡對我來說也比較安全。

我心態是有調整過的，我可是個左腦思考的人。

邪靈的目標是我，如果錦寧國宅計畫失敗，傳說不是真的，我大不了好好整裝待發，不對，我都逃出來了……

假設錦寧國宅計畫失敗，我不是只要回去親手幹掉被附身的舅舅就好了嗎？反正也不會被判罪。

我是不希望走到那一步，殺邪靈可能會碰到舅舅的血，矮額。

還是用勒斃的？

但邪靈應該接到我逃出來的通知了，牠一定有了戒心，要怎麼下手才好呢？

啊，時間要到了，就是這樣。

正面思考，要相信，誠心才能有靈感。

就是這樣，我準備出發去錦寧國宅了。

祝我幸運。

就是這樣。

後續有什麼發展，如果有能力我會再補上。

掰。

※ 發信站: 批踢踢實業坊(ptt.cc), 來自: 744.414.974.074 (臺灣)
※ 文章網址: https://www.ptt.cc/bbs/ marvel /M. B6E.html
推 wellgogo33: 原po是在打什麼，亂七八糟看不懂 09/02 23:22
噓 aaa302: 樓上甲裝看不捅 09/03 01:57
推 I2222200: 推 09/03 02:18

大家好，我是原Po，來跟大家報告後續了，我要成功了，喔，不是錦寧國宅計畫成功，我試了，根本沒東西，都市傳說這種東西果然不能信。

成功的是指我將要去幹爆邪靈了，對了，我也殺死我舅舅了，好爽，替天行道，我的家人地下有知應該也會以我為榮吧。

反正我現在有時間，我來跟大家分享過程吧。

首先，我要說，用腳爬十層樓真的會累死人。

午夜的時候，我在錦寧國宅頂樓進行儀式，結果根本什麼都沒有，我很失望，坐在角落思考著下一步該怎麼辦時……

忽然聽到有人叫我的名字。

我用手電筒照去，嚇得差點魂都飛了。是我舅舅，牠居然直接出現了，說是接到精神病院的電話，知道我逃院了，所以才來找我。

舅舅二號看到自己原本的身體，也發出大叫，卻不敢靠近，真是沒用。

我問牠怎麼知道我在這裡，牠說是無極神尊告訴牠的，有夠敢講，嘴巴那麼髒不知道吸過什麼東西還敢提無極神尊。

牠到底怎麼知道我在錦寧國宅？後來想想，牠的本體可是邪靈，有超自然力量，知道我在哪裡也不奇怪。

然後牠又開始牠那話劇社的表演，真的有病。

牠一樣說牠其實是我阿公，還一直叫我熊寶，超噁心。

我就站在那，看牠怎麼演。

牠一直說要我冷靜，叫我趕快跟牠離開，說這裡很危險，說我是熊家唯一的血脈了，是牠最重要的人，說熊家不能沒有我，牠也不能沒有我，不孝有三，無後為大，熊家的根不能斷，要我為熊家為大局著想，人不能忘本。

牠還一直問我不是親眼看到了，說阿公原本的身體是真的不行了，但牠希望能看著我長大，看我事業有成，想要抱曾孫，所以才借用舅舅的身體。

一切都是為了我好。

笑死，果然想騙，那等舅舅的身體也不行了，不就輪到我？

然後說我生病了，牠說沒關係，要我回去好好治病，等病治好，牠就會培養我，讓我接棒黑熊食品，延續熊家的家業。

你不是志高，你一定會好。牠說，志高就是舅舅的名字。

媽的，你才有病，你全家都有病，講了半天就是想把我抓回神經病院。

我不想再聽牠瞎BB，就裝乖把牠騙到頂樓的矮牆旁邊，然後直接把牠推了下去，嘻嘻。

人體從十樓摔下去後的樣子還真是慘烈，可惜我沒有手機，把牠的蠢樣子拍下來跟你們分享。我也有想過拿牠的手機，但那臺手機也摔成了磚頭。

我從牠口袋掏出鑰匙，沒錯，我現在就在我原本的家裡用牠的電腦上網。

但這個家因為火災重建，還有邪靈對裝潢的低端審美，已經不再是我熟悉的家了，這個空無一人的房子好陌生，其實我有點難過。

我這時候才發現，不知道是不是因為肉體毀了，舅舅二號不知道何時消失無蹤了。

回來時我立刻先去神明廳拜拜，然後在沙發先睡一下，睡得很不好。

睡到一半我才發現我犯了個大錯，我毀掉的不過是邪靈的殼，不是牠的本體，我還是隨時有被牠寄生的可能。幹，好可怕，應該說牠現在沒了身體，無影無蹤的更可怕了。

我剛剛去神明廳跟無極神尊請示該怎麼辦，神尊真的很厲害，我一上完香就有了靈感。

只要我的肉體不在了，不就不會被寄生？而且我沒了肉體，以靈魂的方式存在，不就跟邪靈處於同一個維度，可以直接用武力消滅牠？

我擲筊問了神尊，得到了聖筊。

神尊還親口告訴我該怎麼做，祂說祂會陪著我迎向光明。

那麼，各位，另一個世界見，我的使命還未完成，我把酒櫃裡的酒都拿了出來，確確實實地撒在每個地方跟我的身上。

我這次一定可以確實消滅邪靈。

神聖的火焰將會淨化這個被邪靈污染的家，也淨化我的身體，並昇華我的靈魂。

終章

無極神尊與天岳之願

「喂，大熊，死了喔？」

熊天岳迷迷濛濛聽到有人正喊著他，還一邊搖晃他的身體。他張開眼，發覺自己正躺在地上，頭感覺亂哄哄的又沉又疼，一時還搞不清楚時間方向地點，而且全身關節都像是被亂扭過又痛又痠痲。

他張開眼睛，有個人蹲在他身邊看著他，那張臉帶著一絲陌生，卻又十足面善。

啊！是阿狗，他面前的這個人是阿狗。

「菜逼八，才喝多少？」

阿狗將他扶了起來，腦袋黏糊混亂的熊天岳依舊搞不清楚狀況，他剛剛做了一個惡夢，夢到了年老的自己坐在輪椅上，他還有了一個可愛的孫子，但那個孫子不知吃錯什麼藥，居然推他去給車撞。

「這裡是哪裡？」

「喂喂喂，你是撞到阿搭馬趴帶囉？」

「這裡到底是哪裡？」熊天岳再次開口。

「錦寧國宅啊，是你說要來的，多茫？」

阿狗確認天岳站好後放開手，然後從上衣口袋掏出一包七星，敲出一支點起來遞給天岳，接著也幫自己點一支。

天岳深深吸一口菸，尼古丁滲透了身體，思緒也逐漸開始穩定。他環顧四周，現在是夜晚，這裡是一個天臺，一旁有座水塔，視線越過女兒牆，遠處可以看見闌珊燈火，頭頂上掛著一輪大得像是電影裡才有的圓月。

雖然有月光，以及女兒牆外由下而上的微弱燈火，但這空間卻異常地暗，黑暗像是霧沉在腳底。

他想起來了！記憶終於開始回來了。

今天他就像平常那樣，吃完晚飯後就把店跟小孩丟給妻子，說是要去談生意跑出家門，跟阿狗來到萬華的茶室喝茶。

最近他跑茶室跑那麼勤可能是基於某種逃避心理，六合彩的牌他從早算到晚，還加入了他基於興趣學習的紫微八卦之天地運行原理，他自認為已經看透開出明牌的規律，卻怎麼也簽不中，太不合理了。他算出的數字總是晚了幾期，不然就是早了幾期出現，他猜可能是看出了天機卻還沒掌握規律，所以算出來的明牌跟開獎期數錯開了。但只要持續簽，他相信早晚會一夜致富，一定要一夜致富！不然憑那間店的收入要平衡一家三代五口——很快就要變六口了，妻子剛又懷上老三兩個月，還要供他簽牌喝茶根本寅吃卯糧，妻子每天看著家計簿跟店內帳本愁眉苦臉，怨天怨地。他媽的管教偶爾還能讓媳婦乖個一陣子，但他媽也叫他不要痴人說夢話，六合彩根本不會中不要再簽。與其在家面對這種黃臉婆跟老太婆，不如跟著阿狗喝酒說幹話，然後沉溺在茶室小姐的旖旎溫柔鄉來得好。

而且由於今天是中元節，獅子林整間都是燒金紙的味道，那焦紙味搞得他鼻子不太舒服，根本無心待在店裡。

這夜來喝茶時，他一樣點了莎布妮的檯。莎布妮說是越南來的，就天岳的經驗看來看去還是越南妹好，皮膚白，又漂亮，身材也是玲瓏有致，講起話來又軟又柔，帶著口音的腔調別有風情，個性也特別乖順，工作認真，服務時不會馬虎應付。

也許是為了應景，莎布妮今天講了一個從其他客人那邊聽來的傳說，故事地點就是茶室附近的錦寧國宅。

錦寧國宅雖然還是有住人，但也是有名的凶宅，很多人在那邊跳樓，一年最多就死十三個人，而且詭異的是跳樓的很多都非住戶，好像臺北市想跳樓的人都會特別去那邊跳，去年還發生無名火死了二十幾個人。天岳之所以那麼清楚，是因為看了由於那場火災電視臺特別做的錦寧國宅專題節目。

莎布妮口中的傳說大致是這樣的：

錦寧國宅是四棟十層樓的住宅，由口字型併在一起的結構，天臺是相連的，只要在農曆七月十五的子時到錦寧國宅的天臺繞四圈，就會出現一座小廟，那廟供著叫無極神尊的神，但有因緣福分的人才碰得到那間廟，無緣的人是看不到的，可遇不可求。見到廟的人就可以求一個願，可是不能太貪心超過自身能力，不然反而會遭遇報應，只有清楚自己內心真正所需，這樣求的願就會實現。

「這不就是陰廟嗎？」坐在莎布妮另一邊的阿狗皺著眉頭說。

「因妙是什……啊嗯……」莎布妮問著，而阿狗不安分的手指讓她還來不及說完就發出一聲嬌喘。

天岳拿起桌上的酒杯一飲而盡，他看著阿狗游移在只穿著絲質薄紗的莎布妮身上的手，泛紅的臉上也被欲望慫恿顯露出猥瑣的笑容，並且伸出手往莎布妮的雙腿間探去。

「三桌加茶。」莎布妮以有些刻意的顫音喊。

天岳喝完茶就趁著酒勁，跟阿狗說不如一同去看看傳說是不是真的，畢竟今天剛好是中元，時間也差不多。他心底對於錦寧國宅的恐懼印象，在酒精的揮發之中被轉化成了一股執拗的好奇，當然最主要的還是傳說中的那個老套又迷人的主題，「願望實現」的部分撩撥了其內心賭徒的特質，那種僥倖之中卻又包含了自信的心態，不試白不試，中了就賺到，沒中也沒差。想是這樣想，但在那幽微黑洞的深處，真正棲息的是一隻巨口深海魚，那隻魚名為「這次一定會中啦」。

阿狗剛開始有些抗拒，就是因為今天開門，還去那種陰森詭異之地。阿狗說這是何必，茶室小姐的話不就是逢場作戲圖個開心，三七講，四六聽。他雖然有所忌諱，但還是經不起天岳的言語挑釁，當「沒卵葩」從天岳口中吐出，並且配上嘴角一抹若隱若現的輕蔑不屑，阿狗立刻不服輸並且擠眉弄眼故作聲勢虛張地說：

「去就去，誰怕誰？」

只是說的同時，阿狗的手不自覺地放到了胸口，隔著衣服摸了摸掛在脖子上的護身符。

兩個人就這樣走到了錦寧國宅，在夜色中方正的輪廓透著點點燈火，看起來其實相對於想像來說顯得極為普通。進入了大門後真的是如入無人之境，明明發生那麼多意外卻沒有警衛看守，略嫌黯淡的日光燈中，大門旁的警衛桌上積著一層肉眼可見的灰。他們穿過大廳，搭上又老又舊的電梯，毫不費力地到達十樓，然後爬上一小段樓梯去到天臺，錦寧國宅四棟樓各自都有獨立通往天臺的門。

也許是因為出乎意料地順利，膽子也就大了起來，嘻嘻哈哈的兩人搖搖晃晃地開始繞著天臺走。走完最後一圈時天岳的腳不知踢到什麼，整個人一翻就直直倒在地上，頭撞到地面人便暈了過去。

「啥都沒有，回家睡覺了。」阿狗說。

額頭腫了個包的天岳聳了聳肩不置可否。兩個人把菸抽完丟到地上踩熄，開始往前走尋找最近的出口，但是走沒幾步，他們就猛地收住腳步，同時都倒吸一口涼氣。

在他們前方的黑暗中，一對紅色的圓形雙眼隱隱浮現，按比例看來，那潛藏在黑暗中的東西大小恐怕極為驚人，而且，也不太可能是現世之物。

空氣之中隱約開始瀰散著一股腥氣，那氣味令天岳想到了北門市場那一整排魚攤散發的味道。

臉色發青的阿狗忍不住伸出手去抓天岳的手臂。

被突如其來的狀況嚇得僵在原地不動的兩人，看著那浮在黝暗中的紅眼，逐漸發現那並不是眼睛，之所以看成眼睛，當然主要是環境與情緒的影響下造成的。

那是一對紅燈籠。

順著紅燈籠發出的光，天岳與阿狗也慢慢看清楚那個聳立在兩公尺外的奇妙之物。

整體外觀高約一公尺，方方正正的質感像是水泥砌成，猛然一看可能以為是某種基座，外型上毫無裝飾而帶著沉寂的無機氣息。

其實看起來更像是開口對著天岳與阿狗的大盒子。

縱然樣子看起來不知所謂，沒有任何傳統意義上的宗教裝飾，但這想必就是那傳說中的陰廟了。

因為廟的「門口」就掛著一條陳舊紅布，上面以歪斜的字體寫著四個大字：「**無極神尊**」。

形似一對雙眼的紅色燈籠，不知是以什麼方式掛在左右兩邊，看不到任何固定用的支架，燈籠猶如漂浮在半空中，燭火的光透過油紙散漫在廟表面，卻照不亮四周的黑，這也讓整座廟看起來像是獨立浮在一片黑暗中。

「幹……」呼吸節奏紊亂並且瞪大雙眼的阿狗，將內心的情緒精準簡化成了一個字。

剛剛兩個人繞了四圈，不可能沒看到這座點著紅燈籠的小廟。

望著那泛著紅光的正方形黑影，兩個人明確感覺到四周溫度快速下降，令人連心底都發著結霜的寒。

「這是……真的中了嗎？」天岳說，語調變高，同時他嫌惡地推開阿狗的手，並且反射性地雙手交錯搓著上臂，想驅逐寒意。

「靠北，快走了啦。」阿狗說著，往後退了一步。

「我覺得先不要走回頭路比較好，我在電視有看過類似的情節，你現在回頭走可能還是會遇到這……廟擋在路中間，就像那個打牆。」

不論天岳多麼無賴多不信邪，他也下意識地遵守了農曆七月不能說「鬼」這個字，要用「那個」來替代的習俗。

「幹你娘哩，我沒有要你回答，你這樣講現在是想怎麼樣？」由於打著寒顫，阿狗的咬字含糊，天岳根本聽不清楚他在說什麼。應該說，此時的天岳已然無心去管阿狗說什麼了，紅色燈籠倒映在天岳的瞳孔中，與其眼中正燃起的欲望重疊。

「都遇到了，不試白不試，不賭怎麼會中獎。」

天岳說著，並以謹慎的步伐往廟前進，他沒發覺在這種情境下，自己的臉上居然浮現著笑容。

阿狗知道兄弟愛賭，但也不是每種東西都能賭，現在這狀況明顯撞了邪，他想直接不管天岳轉身開溜，又怕真的像天岳說的，回頭也會遇到打牆。比起想像中的進退維谷，真的遇到了前有虎後有狼的假設狀況，更讓他察覺到恐懼原來是可以深不見底的，結果他只能站在原地冒著冷汗發著抖。阿狗看著天岳的背影漸漸前進，並開始沾染上燈籠的紅光，他的手這次緊緊握著掛在脖子上，妻子在福天宮求給他的護身符。

「你今年犯太歲，還是正沖，注意安全啊。」

阿狗想起妻子給他護身符時的囉唆話語，他將護身符捏得更緊，並且默念起佛號。

天岳走到小廟前，燈籠的紅光隨著距離的拉近有些刺眼，沒看到香爐，沒有筊，什麼都沒有，他跪了下來，想看看供在廟內的本尊長個什麼樣子。透過紅光，那東西與其說是神像，更接近一顆雕成人形的石頭，表面應該打磨過，材質看起來類似豐田玉，光滑透潤。

整體造型在天岳看來是個留著茂密鬍鬚的光頭仙翁，只是鬍鬚的雕刻手路略顯粗糙，如同糾結扭曲的觸手，神像背後還左右對稱，有著一對看起來像是翅膀的令旗。

既然沒有香也沒有筊，那就直接求吧！天岳琢磨著。既然不是什麼正神，不走正常的規矩應該也是合理。那該向這位無極神尊求什麼呢？

中頭獎？

天岳搖了搖頭。

莎布妮說不能太貪心，但直接求財最實在，可是多少錢才不算太貪心？畢竟錢這種東西只會嫌少不會嫌多，今天算牌算出會開二尾，那就來個兩百萬好了，不多也不少，沒有也無妨。

盤算完的天岳閉眼雙手合十，默念：「無極神尊，請您大發慈悲，我現在缺錢，請給我兩百萬新臺幣。」

許下願望後，天岳慢慢睜開眼，他驚訝於此刻廟內的本尊，眉心居然發著光，那光帶著液態的質感，與其說是發散，更像是流淌。光有著絢爛到不可思議的色彩，那流得到處都是的光，像是天岳年輕吃冰時在快感中才看得到的幻覺，他可是花了不少功夫才戒掉吃冰的壞習慣。現在觸目所及的是人類的視覺讀取不到的色域，那奧妙且神奇的光流轉在天岳的臉上，他因為那光陷入了恍惚。由於光實在太美了，他忍不住伸出手想觸摸光源——也就是神像的眉心。在這個當下他一心一意只想碰觸那光，好像除了那個光外其他什麼事都不重要。當他顫顫巍巍的手指碰觸到神像眉心時，指尖頓時傳來刺痛，光毫不留情轉瞬消失，天岳也從半失神的狀態回過神，他迅速後退並站起身看了自己的手指，他的指尖滲著血。頓時，一股酸氣從胃底往上竄，直接讓他彎下腰嘔吐起來，直觀的噁心感從精神層面影響到生理，他將胃裡的東西全都排出了體外。

天岳直起身用手背擦了擦嘴，他直覺知道真的有什麼事發生了，卻不明白發生了什麼事。

此時，不知從哪裡傳來了貓的叫聲，不對，不是貓，是嬰兒的哭聲。是住戶的小孩在哭嗎？天岳想著。

接著——

鈴、鈴、鈴……

天岳被突如其來的鈴聲嚇得跳了起來，是他的手機在響，這時間應該是家裡的黃臉婆打來催吧？他不耐地將褲袋內的Nokia 2110掏出，來電顯示卻是隔壁唱片行的老闆，他接起手機。

「老陳，什麼事？」

「喂喂……大熊嗎？你在哪……快回來！你老婆被車撞了……嚴重……送……大醫院……」

訊號非常差，斷斷續續，還聽不清楚就突然斷了訊。

聽到妻子出車禍，天岳腦袋一片空白，這時間是什麼狀況會被車撞？不是應該關店了嗎？怎麼會出門？孩子呢？志高有事嗎？

一想到長子，天岳更加心慌，他急忙回撥，但卻始終沒訊號，怎麼撥都撥不出去。此時不知哪一戶傳來的的嬰兒哭聲越來越大，大到就像近在腳邊，但天岳現在對於這詭異現象毫無所覺，他一心一意只想趕回家。對志高的牽掛驅使著他行動，他將手機塞回口袋並轉過身去，而一抹人影也映入他的眼簾。

他理所當然以為身後的是阿狗，但藉由燈籠紅光定睛一看，卻發現對方是一個雙手環抱胸前的女人，明明光源不足，可是女人穿的衣服的花紋跟身形，在天岳眼中極度清晰且熟悉無比，只是對方頭低著，長髮遮住了臉，但毫無疑問那是他的妻子。此時，嬰兒的哭聲已經大得幾乎像是這個世界唯一的聲音。

天岳疑惑地想著到底怎麼回事？

「老婆？」他試探性地開口。

「老公……」

那的確也是妻子的聲音，她慢慢抬起頭，露出的是一張慘不忍睹有一半凹陷的臉，她用剩下一顆的眼珠看著他，那張臉讓天岳腿一軟差點跌倒，但他還是穩住只是退後了一步，打顫的下顎發出咖咖聲。雖然已嚴重變形，但那張臉依舊保留了足夠的神韻跟特徵讓天岳辨識。

那是腦漿嗎？這是天岳的第一個想法。

除了臉部受損外，他這才察覺妻子身上的衣服除了血跡外還有交錯的胎痕，剛剛看時明明正常，怎麼瞬間就變了，變成這樣破破爛爛，而且她的左腳還以不合理的角度扭曲。

此時天岳發現妻子之所以雙手抱胸，是因為她懷中抱著一個嬰兒，或該說是他一度以為是嬰兒的物體，也不知道從何而來的印象，可能是哭聲吧，嬰兒的哭聲就是從妻子懷中傳來的。但那個他以為是嬰兒的東西，實則是個覆著黃綠色黏液並且不斷蠕動的粉紅肉團，哭聲就是從肉團中央的窟窿發出的。

那妖異之物讓天岳完全無法思考，只能茫然望著明顯已經非人的妻子，不知該傷心還是該害怕，情緒失去了作用。

見天岳沒反應，他的妻子伸出扭曲的左腳向前踏出一步，隨之發出喀啦一聲，獨眼依舊看著天岳，但天岳已經無法從那張臉跟剩下的眼睛裡讀出任何訊息。他的妻子慢慢將手中那坨發出巨大哭聲的「嬰兒」遞向他，他反射性接了過來，重量出乎意料地沉而且冰涼，瞬間，嬰兒哭聲停止，天岳看向手中的「嬰兒」，那不是嬰兒，而是無極神尊的神像。

他第一次覺得礦物冷硬的質感是這麼令人反胃，他急忙想放手，但雙掌卻不受自己控制緊緊抓著神像；同時妻子踏出第二步，伸出的手就快碰到天岳；第三步，冰冷的手已撫上天岳的臉，並且……嘩啦嘩啦地，有什麼東西一股腦地從妻子的雙腿間滑了出來掉到地上。

天岳的理智線終於在那濕膩黏滑的不明落地聲中斷裂，眼前面目血肉模糊的妻子，讓他被遲緩而來卻更加強烈的恐懼一口吞下。那不是妻子，是鬼！他大吼一聲舉起手中的神像用力砸向鬼，啪擦，血液噴濺，鬼搖搖晃晃向後退去好幾步，天岳趁勢向前追擊砸了第二下，雖然隔著神像，但骨頭碎裂的手感還是無比清晰，就在他準備砸第三下時──

「大熊……你……」

那不是妻子的聲音，而是阿狗的，鬼不見了，取而代之的是阿狗瞪大了眼一臉茫然看著天岳，鮮血正從他的頭頂及太陽穴湧出。

阿狗往後退去，他用手摸著自己的頭，然後踏著失去了平衡的腳步不斷後退，但沒幾步他就撞上女兒牆，並且跌出女兒牆直直從十樓的天臺墜了下去。

人體撞擊地面的聲音在夜裡特別響亮。

砰。

天岳緩緩轉動頭部，他低頭看著自己發抖的手中那尊染著血的神像，但他卻什麼都看不到。原本在他身後的小廟已消失，紅色燈籠的光也跟著熄滅，頭頂上的月亮也不見了，他已被濃密的黑暗包圍。

黑暗中又傳來幽幽的嬰兒哭聲，還有汽車的喇叭聲。

同時，阿狗墜樓撞地所發出的聲音又再度響起，並且有規律地一再重複。

砰、砰、砰、砰、砰、砰、砰砰砰砰砰砰。

天岳此時唯一的想法便是逃離此處，只想趕快回家。

他盤算著回到家後趕快找媽媽初子來處理一下，他知道他媽以前開過宮廟，一些有的沒的應該都會處理，小時候做惡夢媽媽也會幫他收驚，現在就算卡到，只要回去找媽媽收個驚應該就會好了。天岳已經好久沒有這樣一心一意想趕緊看見母親了。

他邁起腳步往前衝，完全沒發現自己依然將沾著血的無極神尊緊緊抱在胸口，但跑沒幾步，他的腳就踢到東西差點被絆倒，就跟他剛繞完第四圈時一樣，只是這次他沒有倒下去。他低頭看去，一片黑暗中那東西隱隱發光，是一幅遺照相框，而相框中的是妻子前幾天拍的證件照，遺照中的妻子雙眼直直看著天岳。

啊啊啊啊啊啊啊啊啊啊啊啊啊啊啊啊啊啊啊啊啊啊啊啊啊啊啊啊啊啊

啊啊啊啊啊啊啊啊啊啊啊啊啊啊啊啊啊啊啊啊啊啊啊啊啊啊啊啊啊啊啊啊啊啊
啊啊啊啊啊啊啊啊啊啊啊啊啊啊啊啊啊啊啊啊啊啊啊啊啊啊啊啊啊啊啊啊啊啊
啊啊啊啊啊啊啊啊啊啊啊啊啊啊啊啊啊啊啊啊啊啊啊啊啊啊啊啊啊啊啊啊啊啊
啊啊啊啊啊啊啊啊啊啊！

失心瘋慘叫的天岳發現怎麼跑都找不到出口的門，他在黑暗的天臺上繞了幾十圈，好幾次還差點因為撞上女兒牆而跌出去。就在他要被絕望吞噬時，終於看到了一扇兩旁掛著紅燈籠的鐵門就在眼前，看到門的天岳心想總算得救了，他左手抱著無極神尊的神像，右手急忙轉動喇叭鎖拉開門。

強烈的日光在門被打開的瞬間射入，以為找到出口的天岳看到門外有一輛巨大的卡車向他衝來，喇叭聲幾乎要衝破耳膜，在他還來不及反應過來時就感覺到強烈的衝擊。

……熊先生……關於強制險的部分是兩百萬……請節哀……

就在身體被車輪輾過時，他又聽到了二十八年前那個忘記姓什麼的保險專員說。

（全書完）

後記

首先，先感謝各位讀者，謝謝你們的支持。

再來真的很感謝我的編輯小玉及悅知文化，讓這個故事有出版的機會，尤其是小玉編輯在寫作跟整體情節的安排上給了我許多寶貴的意見，讓這個故事得以更為完整。

這個故事的靈感起源的確是來自抖音短影音，幾年前我出了意外，被宣告了將不良於行，住院期間，有個親友便轉發了小說中所述的短影音給我。當然，我知道對方是想鼓勵我，但看完後其實心情反而更為低落，因為我很清楚短片中的情節非常荒唐，生命之中有些事情變了就是永遠變了，但那支短片的觀看數跟轉發數都非常可觀，也讓我留下極深的印象。

於是，我就開始想像著，假如真的有缺乏判斷力的小孩把那影片的內容當真，會發生什麼事？然後這個想法便開始了有自己的聲音，那個「聲音」希望藉由我來被訴說。

由於意外讓我的認知跟記憶出現了障礙，身心也極為糟糕，進入了自我封閉的狀況，在醫生的建議下，我在那段期間開始學畫畫，所以最初我採取了漫畫繪本的形式，在社群平臺發表，並且很幸運得到了回響。但隨著故事的發展，「聲音」越來越大，想被表達的東西也更為複雜，繪本這個載體的容量有限，於是我開始試著將那個內心聽見的「聲音」用文字去表現，寫成小說。寫作的同時才發現每個角色都像是有了自我，我只是負責去描繪輪廓，他們會自己去填色。

雖然故事有著自己的意志，但是寫作的過程中也有許多空白的部分，是我靠想像以及自己生命中的經驗去做延伸的。

像是我小時候家裡的確是在獅子林開舶來品店，還有書中提到的文王卦，則是因為我的祖公吃的就是算命這一行的飯。我跟祖公沒見過面，他的故事都是從長輩那邊聽來的，而家裡雖然沒繼承算命事業，但拜的主神依然是周文王，我從小便被教導要尊稱神桌上的文王像為「仙祖」。

祖公幼時的日子不好過，很小就開始挑擔子叫賣紅龜糕來謀生，後來有個親戚問他想不想要學個一技之長，他那邊有個機會，因緣際會之下，透過親戚牽線，祖公便到了基隆拜師，在一個蔡姓算命師的門下，學擇日學看卦學衡量禍福吉凶。跟他同時入門的還有六位弟子，他們七人感情很好，約定好了出師後要在不同縣市發展，以防同業競爭，祖公為自己卜了一卦，得到了落腳花蓮的啟示。據長輩說，在日治時代祖公算是小有名氣，有算中幾個災禍，只是可惜走得早，我沒能聽他親口說他的故事。

而小說裡用的照片也是家裡的老照片，我當初看這些照片很特別，記載了我不知道的往事，便掃描保存。在寫這個故事時覺得很貼合情節，縱然影中人不在了，但我也擲筊詢問過，得到了聖筊才使用。

最後，還是要謝謝你們讀到這裡，希望你們喜歡這個故事，若有任何想法跟建議，也歡迎在社群上與我分享。

最後的最後，謝謝M。

萬應的恩賜

作　　者　小水熊庫瑪

責任編輯　黃蕨宥 Bess Huang
責任行銷　鄧雅云 Elsa Deng
封面插畫　小水熊庫瑪
封面裝幀　之一工作室／鄭婷之
版面構成　譚思敏 Emma Tan
校　　對　鄭世佳 Josephine Cheng

發 行 人　林隆奮 Frank Lin
社　　長　蘇國林 Green Su

總 編 輯　葉怡慧 Carol Yeh
主　　編　鄭世佳 Josephine Cheng
行銷經理　朱韻淑 Vina Ju
業務處長　吳宗庭 Tim Wu
業務主任　鍾依娟 Irina Chung
業務秘書　陳曉琪 Angel Chen
　　　　　莊皓雯 Gia Chuang

發行公司　悅知文化　精誠資訊股份有限公司
地　　址　105台北市松山區復興北路99號12樓
專　　線　(02) 2719-8811
傳　　真　(02) 2719-7980
網　　址　http : //www.delightpress.com.tw
客服信箱　cs@delightpress.com.tw
I S B N　978-626-7537-87-9
建議售價　新台幣４２０元
首版一刷　２０２５年５月

國家圖書館出版品預行編目資料

萬應的恩賜／小水熊庫瑪著. -- 首版. -- 臺北市：悅知文化 精誠資訊股份有限公司,2025.05
面；　公分
ISBN 978-626-7537-87-9 (平裝)

863.57　　114003119

建議分類｜華文創作．小說

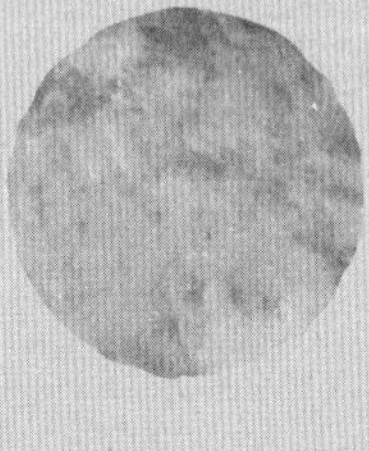